Huérfana de amor

Sara Craven

Bianca™

HARLEQUIN™

Editado por HARLEQUIN IBÉRICA, S.A.
Núñez de Balboa, 56
28001 Madrid

I.S.B.N.: 978-84-671-7158-7
Depósito legal: B-7285-2009
Editor responsable: Luis Pugni
Preimpresión y fotomecánica: M.T. Color & Diseño, S.L.
C/. Colquide, 6 portal 2 - 3º H. 28230 Las Rozas (Madrid)
Impresión y encuadernación: LITOGRAFÍA ROSÉS, S.A.
C/. Energía, 11. 08850 Gavá (Barcelona)
Fecha impresion para Argentina: 28.9.09
Distribuidor exclusivo para España: LOGISTA
Distribuidor para México: CODIPLYRSA
Distribuidores para Argentina: interior, BERTRAN, S.A.C. Vélez
Sársfield, 1950. Cap. Fed./ Buenos Aires y Gran Buenos Aires,
VACCARO SÁNCHEZ y Cía, S.A.
Distribuidor para Chile: DISTRIBUIDORA ALFA, S.A.

Capítulo 1

LAS puertas de cristal de la clínica San Francesco se abrieron y todo el mundo se volvió a mirar al hombre que entraba.

Si Lorenzo Santangeli fue consciente del escrutinio al que estaba siendo sometido, o si se dio cuenta de que había más personas de las estrictamente necesarias a aquella hora de la noche, y la mayoría mujeres, no lo demostró.

Su cuerpo, alto y delgado, iba vestido con un elegante traje de etiqueta, llevaba la camisa desabrochada a la altura del cuello y la corbata metida de manera descuidada en el bolsillo del esmoquin.

Una de las enfermeras que merodeaba por allí observó su pelo oscuro y despeinado y murmuró al oído de su compañera que parecía que acabase de levantarse de la cama.

No tenía una belleza clásica, pero su rostro delgado, los pómulos marcados, los ojos de color miel y las espesas pestañas, y aquella boca tan sensual, tenían un dinamismo que iba más allá de la belleza. Y todas las mujeres que lo miraban se quedaban encandiladas con él.

El hecho de que tuviese el ceño fruncido y los labios apretados no reducía su atractivo.

Tenía todo el aspecto de un buen hijo que iba corriendo al lado de su padre, enfermo de repente.

Cuando el director de la clínica, el señor Martelli, salió de su despacho a saludarlo, todo el mundo se apresuró a volver a su puesto.

Renzo se ahorró las formalidades.

—¿Cómo está mi padre? —preguntó con ansiedad.

—Descansando —respondió el otro hombre—. Por suerte, la ambulancia llegó enseguida y pudimos ponerle el tratamiento adecuado —sonrió para tranquilizarlo—. No ha sido un infarto grave, esperamos que se recupere por completo.

Renzo suspiró aliviado.

—¿Puedo verlo?

—Por supuesto. Lo acompañaré —el señor Martelli llamó el ascensor y miró a su acompañante de reojo—. Es importante que esté tranquilo y creo que estaba un poco preocupado esperándolo. Me alegro de que haya llegado, así podrá descansar.

—Yo también me siento aliviado, *signore* —dijo Renzo en tono educado, pero que sonó distante.

Al director de la clínica le habían dicho que el señor Lorenzo imponía mucho, y estuvo de acuerdo.

Renzo había imaginado que la habitación de su padre estaría llena de asesores y asistentes, y que Guillermo Santangeli estaría sedado y lleno de cables, pero su padre estaba solo, llevaba puesto su pijama de seda marrón y estaba leyendo una revista de economía internacional. En vez de máquinas, había en la habitación un enorme centro de flores.

Renzo observó la habitación sorprendido desde la puerta. Guillermo levantó la cabeza y lo miró por encima de las gafas.

–Ah –dijo–. Por fin –hizo una pausa–. No ha sido fácil encontrarte, hijo.

Preocupado, Renzo se acercó muy despacio a la cama, sonriendo.

–Bueno, pues ya estoy aquí, papá. Y, por suerte, tú también. Me han dicho que has tenido un infarto.

–Ha sido lo que llaman «un episodio» –contestó su padre encogiéndose de hombros–, alarmante, pero, al mismo tiempo, fácil de tratar. Tendré que quedarme aquí descansando un par de días –suspiró–. Y tendré que tomar medicación y dejar los puros y el coñac, al menos por un tiempo.

–Me alegro de lo de los puros –bromeó él mientras tomaba la mano de su padre y le daba un beso.

Guillermo hizo una mueca.

–Lo mismo opina Ottavia. Acaba de marcharse. Tengo que darle las gracias por el pijama y las flores, y por haberme traído tan pronto. Acabábamos de terminar de cenar cuando me sentí mal.

–En ese caso, yo también me siento agradecido –tomó una silla–. Espero que la señora Alesconi no se haya marchado porque venía yo.

–Es una mujer con mucho tacto –dijo su padre–. Y sabía que querríamos hablar en privado. Le he asegurado que ya no ves nuestra relación como una traición a la memoria de tu madre.

–*Grazie*. Tienes razón al haberle dicho eso –dudó–. ¿Voy a tener una nueva madrastra?

–No. Los dos valoramos nuestra independencia demasiado y estamos contentos con la situación actual –se quitó las gafas y las dejó con cuidado en la mesilla–. Y, hablando de matrimonios, ¿dónde está tu esposa?

Renzo se maldijo por haber sacado aquel tema de conversación.

–En Inglaterra, papá, ya lo sabes.

–Ah, sí. Es verdad, se fue poco después de vuestra luna de miel, y creo recordar que no ha vuelto.

Renzo apretó los labios.

–Pensé que… un periodo de adaptación sería de gran ayuda.

–Es una decisión curiosa, teniendo en cuenta los motivos de tu matrimonio. Eres el último en la línea de sucesión, y dado que te estabas acercando a la treintena y no parecías tener interés en abandonar la vida de soltero, hubo que recordarte que tenías la obligación de dar un heredero legítimo que continuase con el apellido Santangeli, tanto en lo personal, como en lo profesional.

Hizo una pausa antes de continuar.

–Y pensé que lo habías aceptado. Como no tenías otra candidata en mente, accediste además a casarte con la chica que siempre le había gustado a tu madre, su querida ahijada Marisa Brendon. Espero que mi avanzada edad no haya dañado mi memoria.

–Sí. Tienes razón, por supuesto.

–Pues ya han pasado ocho meses y todavía no he recibido ninguna buena nueva. Y dados los acontecimientos de esta noche, necesito oír lo antes posible que la siguiente generación Santangeli está en camino. Me han dicho que tengo que cuidarme más. Moderar mi estilo de vida. Es decir, darme cuenta de que soy mortal. Y tengo que confesarte que me gustaría tener a mi primer nieto en brazos antes de morirme.

–Papá, todavía te quedan muchos años. Los dos lo sabemos.

–Eso espero, pero ésa no es la cuestión. La cuestión es que tu esposa no podrá darte un heredero, *figlio mio*, si no compartís el mismo techo, y la misma cama. ¿O acaso vas a verla a Londres para cumplir con tus obligaciones maritales?

Renzo se puso en pie y fue hacia la ventana. La imagen de una muchacha de rostro pálido apareció en su mente, sus ojos secos, sin lágrimas. Se le hizo un nudo en el estómago.

–No, no voy a verla.

–¿Por qué no? ¿Cuál es el problema? Sé que fue un matrimonio concertado, pero el mío, también, y tu madre y yo pronto aprendimos a querernos. A ti te han dado una chica joven, encantadora e inocente, a la que conocías de toda la vida. Si no era de tu agrado, debías haberlo dicho.

Renzo se volvió y lo miró con ironía.

–¿No se te ha ocurrido pensar, papá, que tal vez sea Marisa la que no me quiera a mí?

–*Che sciocchezze!* –exclamó Guillermo–. Qué tontería. Cuando venía a casa de pequeña, todo el mundo era consciente de que te adoraba.

–Por desgracia, ha crecido y ya no piensa igual. En especial, en todo lo referente a la realidad del matrimonio.

Guillermo apretó los labios, irritado.

–¿Qué estás diciendo? No me digas que un hombre que tiene tanta experiencia con las mujeres como tú, no es capaz de seducir a su propia mujer. Tenías que haber convertido la obligación en un placer, hijo mío, y haber aprovechado la luna de miel para que se enamorase de ti de nuevo. Al fin y al cabo, nadie la obligó a casarse.

–Los dos sabemos que eso no es verdad. Cuando se enteró por la bruja de su prima de lo mucho que nos debía, no tuvo elección.

–¿No le explicaste que fue su madrina, tu madre, la que en su lecho de muerte nos dijo que deseaba que continuásemos apoyándola económicamente?

–Lo intenté, pero fue en vano. Ella sabía que mamá quería que nos casásemos. Y para ella, todo formaba parte de la misma transacción –hizo una pausa–. Y su prima le contó que cuando le pedí que se casase conmigo, tenía una amante. Después de aquello, la luna de miel no podía salir demasiado bien.

–Esa mujer tiene gran parte de la culpa, hijo, pero tú tenías que haber arreglado las cosas con la bella Lucia mucho antes de la boda.

–No sólo fui estúpido, sino también cruel. Y nunca podré perdonarme por ello.

–Ya veo. Lo que tienes que hacer es preguntarte si puedes convencer a tu esposa de que te perdone.

–¿Quién sabe? Yo pensé que nos vendría bien un poco de espacio, y de tiempo. Y al principio, le escribí de manera regular, la llamé por teléfono y le dejé mensajes, pero nunca respondió. Las semanas fueron pasando y mis esperanzas, evaporándose –hizo una pausa antes de añadir–. Y me dije que, como comprenderás, tampoco iba a rogarle.

Guillermo estudió a su hijo con la mirada.

–Un divorcio no sería aceptable –dijo por fin–, pero, por lo que me dices, tal vez podamos conseguir la anulación.

–No. No te equivoques. El matrimonio… es real. Y Marisa es mi esposa. Y no hay nada que pueda cambiar eso.

–Tal vez sí. Tu abuela vino a verme ayer y me informó de que tu relación con Doria Venucči está en boca de todo el mundo.

–La abuela Teresa –dijo Renzo–. Veo que se interesa mucho por los detalles de mi vida, en especial, con los menos limpios. ¿Cómo pudo una mujer así tener una hija tan adorable como mi madre?

–Yo también me lo he preguntado siempre –admitió Guillermo–, pero tu abuela tiene razón al pensar que Antonio Venucci acabará enterándose de que su esposa ha estado divirtiéndose contigo mientras él estaba en Viena.

Renzo arqueó las cejas y asintió.

–Eso podría cambiarlo todo, para ti, y para tu esposa ausente, porque el escándalo arruinaría cualquier posibilidad de reconciliación con ella. Si es eso lo que quieres, por supuesto.

–Es lo que tiene que ocurrir –respondió él–. No puedo permitir que esta situación se alargue. Para empezar, me estoy quedando sin excusas para explicar su ausencia. Y, luego, porque debemos alcanzar el objetivo de nuestro matrimonio lo antes posible.

–*Dio mio* –dijo Guillermo–. Espero que tengas más tacto con tu esposa. Si no, hijo mío, fracasarás.

–No –Renzo sonrió–. Esta vez no fracasaré. Te lo prometo.

No obstante, Renzo volvió a casa pensativo. Poseía el piso más alto de un antiguo *palazzo* que había pertenecido a una familia noble que no había tenido la necesidad de trabajar para vivir hasta que había sido demasiado tarde. Aunque le gustaba su gracia y su elegancia, sólo lo utilizaba como base en Roma.

Porque su verdadero hogar era la antigua e imponente casa de campo de La Toscana en la que había nacido, y donde había planeado iniciar su vida de casado.

Recordó que le había enseñado a Marisa la zona que había reformado para ellos y le había preguntado si tenía alguna idea o quería algo en especial, pero ella había balbuceado que todo le parecía muy agradable, sin más. No había dicho nada de las habitaciones adyacentes, y comunicadas por una puerta, que ocuparían después de la boda.

Y si tenía sus reservas acerca de compartir la casa con su futuro suegro, tampoco las había comentado. Más bien al contrario, siempre había parecido gustarle Zio Guillermo, como le habían dicho que lo llamase.

Frunció el ceño al pensar que hasta entonces no se había dado cuenta de que, aparte de acceder a ser su esposa en voz baja, casi no había dicho nada más.

Estaba acostumbrado a que no hablase si no era necesario. De pequeña, había sido muy callada, igual que de adolescente, cuando lo avergonzaba mirándolo con adoración, como si fuese un héroe.

Ni siquiera había llorado el día de su bautismo, al que él había asistido con diez años, y en el que Maria Santangeli había sido la madrina.

Su madre había conocido a Lisa Cornell en el internado de Roma en el que ambas habían estado, y habían forjado una amistad que había permanecido imperturbable a lo largo de los años a pesar de la distancia.

Maria se había casado nada más terminar el colegio y había sido madre al año siguiente, mientras que Lisa había tenido mucho éxito trabajando de periodista en una revista antes de conocer a Alec Brendon, un conocido productor de documentales para la televisión.

Al nacer su hija, Lisa había querido que Maria fuese su madrina, y le había puesto el nombre de Marisa, la forma abreviada de Maria Lisa.

Renzo sabía que, a pesar de que sus padres le habían querido mucho, siempre les había entristecido no haber tenido más hijos con los que llenar el resto de habitaciones infantiles de Villa Proserpina. Y la ahijada de Maria había ocupado el lugar de la tan deseada niña en el corazón de su madre.

No sabía en qué momento habían empezado su madre y Lisa Brendon a planear el matrimonio entre sus hijos, pero el tema había salido a la luz seis años antes, cuando los padres de Marisa habían fallecido en un accidente de tráfico.

Tras su muerte, se había descubierto que la pareja siempre había vivido por encima de sus posibilidades y que no le habían dejado nada a su hija.

Al principio, Maria había querido que la niña, de catorce años, fuese a vivir con ellos a Italia, pero Guillermo le había hecho ver que, si quería que se casase con su hijo, sería mejor que la muchacha continuase con su educación en Inglaterra, para que Lorenzo no la viese, con el paso del tiempo, como a una hermana pequeña.

Maria había accedido a regañadientes, y Renzo había conseguido olvidarse de la ridícula idea de que Marisa se convirtiese en su futura esposa y se

había concentrado en su trabajo para llegar a mere-
cerse el puesto de director del Banco Santangeli, en
el que sucedería a su padre llegado el momento.

La vida le había ido bien. Había tenido un trabajo interesante, con el que viajaba mucho. Y había
disfrutado mucho de las mujeres, sin decir a ninguna que la quería.

Después, tres años antes, la repentina enferme-
dad de su madre le había sacado de aquel estado de
autocomplacencia. Le habían diagnosticado un cán-
cer que se la había llevado en tan sólo seis semanas.

–Renzo, *carissimo mio* –le había dicho–. Promé-
teme que la pequeña Marisa será tu esposa.

Y él, roto por el dolor, le había dado su palabra.

Oyó sonar el teléfono y no fue a contestar. Si
fuese de la clínica, le habrían llamado al móvil,
cuyo número no tenía Doria Venucci.

Si quería salvar su matrimonio, no podía seguir
viéndola. No obstante, por educación, tenía que decirle en persona que su relación se había terminado.

Aunque no pensaba que ella fuese a protestar. Una
cosa era una aventura secreta. Y otra, un vulgar escándalo que podía poner en riesgo su propio matrimonio.

Cruzó su enorme dormitorio para entrar en el
baño, quitándose la ropa por el camino, y se permitió recordar por un momento el cuerpo lujurioso e
insaciable que había dejado en la cama unas horas
antes, y del que no volvería a disfrutar.

Pero todo había cambiado. Y, de todos modos,
sabía que no debía haber tenido nada con Doria Venucci, sobre todo, porque su comportamiento se había debido únicamente a otro exasperante encontro-
nazo con el contestador de Marisa.

Harto del celibato impuesto por su marcha, había decidido buscarse a otra.

Y no le había costado demasiado encontrarla. Esa misma noche, en una fiesta, había conocido a Doria y la había invitado a comer en un lugar público al día siguiente. Después, se habían visto de manera privada en la suite de un carísimo hotel.

No obstante, la condesa Venucci no había conseguido sanar su orgullo herido.

Se metió en la ducha y abrió el grifo a tope con la intención de limpiar la tensión y la confusión de emociones que lo asaltaban.

No podía negar que, en los últimos tiempos, y fuera de las horas de trabajo, no había tratado demasiado con su padre. Siempre había atribuido este hecho a que desaprobaba a la que hacía años era pareja de su padre, Ottavia Alesconi. Para su gusto, aquella relación había empezado demasiado pronto después de la muerte de su madre.

Aunque, en realidad, no tenía derecho a oponerse al deseo de su padre de volver a encontrar la felicidad. La *signora* era una mujer encantadora y cultivada, una viuda sin hijos que dirigía la empresa de relaciones públicas que había fundado con su marido, y a la que le gustaba disfrutar con Guillermo, pero que no tenía la ambición de convertirse en marquesa.

Imaginó que, dada la vitalidad de su padre, el infarto de esa noche debía de haber sido muy desagradable para ella, y decidió llamarla para agradecerle que hubiese actuado con tanta prontitud, salvando así la vida de su padre. De ese modo tal vez quedase claro que ya no se oponía a su relación.

Además, teniendo en cuenta su propia vida personal, no pensaba ser quién para juzgar la de los demás.

Empezó a secarse y se dijo que tenía que pasar página en muchos aspectos de su vida. Tenía que abandonar su vida de soltero y aplicarse para convertirse en marido, y, a su debido tiempo, en padre.

Eso, si conseguía hacer cooperar a su esposa, algo que no había conseguido hasta el momento.

Tenía que reconocer que nunca había tenido que esforzarse demasiado con las mujeres. No estaba orgulloso de ello, pero era un hecho indiscutible. Y era una terrible ironía que su mujer fuese la única que recibiese su acercamiento con indiferencia en los mejores momentos, y con hostilidad en los peores.

Ya se había dado cuenta de que podía resultar un hueso duro de roer la primera vez que había ido a verla a casa de su prima, en Londres, para invitarla a La Toscana, para una fiesta que su padre planeaba celebrar con motivo del decimonoveno cumpleaños de ésta.

Julia Gratton lo había recibido sola y lo había recorrido con su dura mirada de manera crítica.

–Así que por fin ha venido a cortejarla, *signore* –le había dicho, riendo como una hiena–. Había empezado a pensar que nunca ocurriría. Le he dicho a Marisa que subiera a cambiarse, mientras tanto, permita que le sirva un café.

Cuando la puerta del salón se abrió por fin, Renzo dejó a un lado la taza y se levantó. La sonrisa murió al verla.

Seguía siendo una muchacha tímida, que miraba

hacia la moqueta en vez de a él, y seguía teniendo las pestañas largas, pero todo lo demás había cambiado. Y de qué manera. Su figura era esbelta en vez de desgarbada, y su rostro era más redondo.

No tenía los pechos grandes, pero parecían tener la forma perfecta. Tenía la cintura estrecha, las caderas curvilíneas. Y unas piernas interminables que podía imaginarse alrededor de su cintura, desnudas, hasta con aquellos vaqueros que llevaba puestos.

Renzo había intentado centrarse en ser educado. Había dado un paso al frente, sonriendo.

–*Buongiorno*, Maria Lisa –había dicho, utilizando el nombre con el que le había tomado el pelo de niña–. *Come stai?*

En ese momento, ella había levantado los ojos verdes y lo había mirado con un destello de desprecio que lo había dejado helado. Pero como un momento después había contestado en voz baja a su saludo y hasta le había permitido darle la mano, Renzo había pensado que todo había sido imaginación suya.

Porque aquello era lo que su ego quería pensar, que para aquella muchacha era un honor haber sido elegida para convertirse en su esposa y que, si él no ponía ninguna objeción, sobre todo después de haber vuelto a verla, ella tampoco lo haría.

Animada por su prima, Marisa había aceptado la invitación a la fiesta y había accedido a que Renzo volviese al día siguiente para discutir los pormenores.

Y aunque sabía, era evidente que se lo habían dicho, que el verdadero motivo de su visita era pedirle de manera formal que se convirtiese en su esposa, no dio ninguna muestra de alegría ni de consternación al respecto.

Renzo se dijo que aquello debía haberle servido de advertencia, pero él había atribuido la falta de expresividad a los nervios.

En el pasado, no había elegido a sus compañeras sexuales por su inexperiencia, pero la inocencia era un requisito imprescindible para la futura madre de su heredero. Así pues, había decidido tranquilizarla acerca de cómo transcurriría su relación durante los primeros días, y noches.

Por eso, había resuelto prometerle que su luna de miel sería la oportunidad de conocerse mejor, de hacerse incluso amigos, y que estaría dispuesto a esperar a que ella estuviese preparada para consumar el matrimonio.

Y se lo había dicho con toda sinceridad. Ella lo había escuchado en silencio, ligeramente ruborizada.

Renzo había esperado alguna reacción por su parte, algo que le diese pie a tomarla entre sus brazos y besarla para sellar su compromiso, pero dicha reacción no había llegado. Marisa ni siquiera había hecho nada que sugiriese que quería que la tocase, así que, sin querer, él había caído en su propia trampa.

El tiempo había ido pasando. A punto de llegar el día de su boda, él seguía incómodo en su presencia, incapaz de realizar cualquier acercamiento, algo que nunca le había sucedido hasta entonces.

No obstante, con lo que no había contado era con que perdería los nervios, algo de lo que todavía se arrepentía.

Suspiró con brusquedad mientras se enrollaba la toalla alrededor de las caderas. No merecía la pena seguir torturándose con aquello. Lo mejor sería irse a la cama e intentar dormir.

Salió del baño, pero en vez de quedarse en la cama, fue hacia el salón.

Allí, se acercó a un enorme escritorio que había pertenecido a su abuelo, sacó una carpeta de un cajón y, después de servirse una generosa copa de coñac, se tumbó en uno de los sofás a leer su contenido, que había sido actualizado el día anterior.

Casi se atragantó al leer la información del detective privado que había contratado para proteger a su esposa ausente:

Estamos en la obligación de advertirle que, después del último informe, la señora Santangeli, utilizando su nombre de soltera, ha empezado a trabajar en una galería de arte privada en Carstairs Place. Durante los últimos quince días, ha comido dos veces en compañía del dueño de la galería, el señor Corin Langford. Ya no lleva la alianza, tal y como muestra la prueba fotográfica.

Renzo arrugó la hoja de papel y la tiró al otro lado de la habitación mientras juraba en voz alta.

Luego, se levantó del sofá y empezó a pasear con nerviosismo. No necesitaba fotografías. Muchas de sus aventuras habían comenzado con una comida, así que sabía bien lo que era compartir comida y vino, los cruces de miradas, el roce de los dedos.

Aunque no se imaginaba a Marisa en aquella situación, sonriendo, charlando, riendo, con los ojos brillantes.

Con él nunca se había comportado así. Ni siquiera lo había mirado a los ojos, ni había sonreído.

Pero no estaba celoso. Sólo estaba más enfadado que nunca.

Pues bien, si su esposa pensaba que podía engañarlo con otro, estaba muy equivocada. Al día siguiente, la obligaría a volver a casa, y no dejaría que volviese a marcharse. Se aseguraría de que, en adelante, sólo pensase en él. De que fuese sólo suya.

Capítulo 2

MARISA? Dios mío, eres tú. No puedo creerlo.

Ella, que estaba mirando un escaparate, se volvió y separó los labios, sorprendida, al descubrir al joven alto, de pelo rubio, que estaba detrás de ella.

—Alan… ¿Qué estás haciendo aquí?

—Eso debería preguntártelo yo. ¿Cómo es que no estás tomándote un capuchino en la Via Veneto?

Buena pregunta.

—Porque después de un tiempo, puede llegar a resultar aburrido —contestó con naturalidad—. Y me apetecía tomar una taza de té en su lugar.

—Ah. ¿Y qué piensa Lorenzo el Magnífico de eso?

Marisa se dio cuenta de la nota de amargura que había en su voz.

—Alan, no…

—Lo siento —miró el escaparate de la tienda, lleno de ropa de bebé—. Supongo que tengo que darte la enhorabuena.

—No, por Dios —dijo ella con demasiado ímpetu, y se ruborizó al ver la sorpresa en el rostro de él—. Quiero decir, que no es para mí, sino para una amiga del colegio, Dinah Newman, que está esperando su primer hijo.

–Pues creo que has venido al lugar apropiado –dijo Alan, mirando los precios de la ropa–. Aunque hay que estar casada con un banquero millonario para poder comprar aquí –sonrió–. Supongo que es una muy buena amiga.

–Digamos que se lo debo –contestó ella.

Se lo debía por haberla recomendado a Corin Langford, y por haber hecho que consiguiese no depender completamente de Renzo Santangeli. Y por no haberle hecho demasiadas preguntas al verla aparecer de vuelta en Londres ella sola.

–¿Te apetece que comamos juntos?

No podía decirle que tenía que volver enseguida al trabajo. De manera instintiva, había metido la mano en la que debía haber estado su alianza en el bolsillo de la chaqueta.

A ella también le había sorprendido encontrarse a Alan, pero tenía tantas cosas que ocultar, que la situación le parecía complicada.

–Lo siento, pero tengo que estar en un sitio dentro de cinco minutos.

–Claro, estarás a la entera disposición de tu marido.

Ella dudó.

–La verdad es que Renzo… no está en estos momentos.

–¿Ya te ha dejado sola, tan pronto?

–Bueno, no somos siameses –dijo, intentando bromear.

–No, supongo que no –Alan hizo una pausa–. ¿Y a qué te dedicas? ¿A contar las horas hasta que vuelve tu marido?

–Nada de eso –replicó ella–. Tengo mi propia vida. Voy a sitios, veo a gente.

–Si eso es cierto, tal vez podamos volver a vernos en algún momento. Marisa, si no puedes comer conmigo, quedemos para cenar. ¿Nos vemos a las ocho en Chez Dominique? ¿Por los viejos tiempos?

Ella quiso decirle que los viejos tiempos habían quedado atrás el día que él había decidido no luchar por ella contra un hombre tan poderoso que podía arruinarle la carrera.

Aunque la culpa no había sido sólo de él. Su relación era demasiado incipiente para pedirle la lealtad y el compromiso que ella necesitaba. Sólo habían intercambiado un par de besos. Y había sido uno de esos besos lo que había terminado con su relación, cuando su prima Julia había sorprendido a Alan dándole las buenas noches.

Esa noche, Marisa se había enterado de lo que le iba a deparar el futuro.

Después, había pensado que, si Alan hubiese sido su amante, Renzo no habría querido casarse con ella. Pero cuando se había dado cuenta ya era demasiado tarde, y Alan se había marchado.

–Alan… No sé… Tengo que irme.

–Reservaré una mesa –dijo él–. Y te esperaré. Todo lo demás, depende de ti.

Ella sonrió con timidez.

–En cualquier caso, me alegro de haberte visto –y se alejó a toda prisa.

Llegó a tiempo a la galería, pero Corin estaba nervioso, tenía una reunión con sus abogados.

Dinah le había contado a Marisa que estaba pasando por un divorcio muy difícil, ya que seguía enamorado de su mujer, mientras que ésta sólo quería su dinero.

Ella había pensado que tal vez podría aprender algo de la situación, aunque lo único que quería ella de Renzo Santangeli era recuperar su libertad.

–Será mejor que me marche –le dijo Corin, deteniéndose en la puerta–. Si llama la señora Brooke con respecto a la acuarela…

–El precio sigue siendo el mismo –comentó Marisa sonriéndole–. No te preocupes. Vete, o llegarás tarde.

–Sí.

Marisa se había enterado de que la señora Langford no sólo quería la casa marital, sino también una parte de la galería, argumentando que su padre también había contribuido a su financiación.

Dinah le había explicado que su padre y el de ella habían sido amigos, y que el padre de Janine se habría levantado de su tumba si hubiese sabido lo que se proponía Janine: cerrar la galería.

–Pero si tiene mucho éxito –le había dicho ella–. Y Corin es magnífico para los negocios. Es evidente que sus clientes confían mucho en él.

–Ya, pero a ella sólo le importa el dinero.

Marisa pensó que la vida era injusta, muchas veces eran los cretinos como Lorenzo Santangeli los que ocupaban la primera posición.

De repente, se sintió nerviosa y fue hacia su escritorio, se sentó y decidió ocuparse de un par de cosas que Corin le había dejado pendientes. No parecía mucho, pero sería suficiente para que su mente no se ocupase de otros asuntos.

No tuvo demasiado trabajo aquella tarde, pero realizó varias ventas muy buenas.

Un señor mayor decidió comprar un paisaje de Lake District, para el cumpleaños de su esposa.

–Estuvimos allí en nuestra luna de miel –le explicó a Marisa mientras pagaba–. Aunque tengo que admitir que el cuadro de la costa italiana también me ha encantado –dijo suspirando–. Hemos pasado varias vacaciones cerca de Amalfi, y nos traería muy buenos recuerdos –hizo una pausa–. ¿Conoce la zona?

Marisa se quedó inmóvil un momento, pero se obligó a concentrarse y sonreír.

–Sí, estuve una vez. Es… un lugar increíblemente bello.

«Y ojalá se hubiese llevado usted ese cuadro, para no tener que seguir viéndolo yo».

Luego, lo acompañó hasta la puerta.

Volvió a su escritorio, pero no pudo evitar mirar el cuadro del paisaje italiano, que le recordaba el lugar en el que se había escondido durante las interminables y angustiosas semanas que había durado su luna de miel. El lugar al que había ido todas las mañanas, sabiendo que nadie la buscaría, ni la encontraría, y donde había descubierto que estar sola no significaba sentirse sola.

Todas las tardes, antes de la puesta de sol, había dejado aquel lugar para volver al frío silencio de Villa Santa Caterina, y a la compañía del hombre con el que se había casado, para cenar con él en una mesa adornada con candelabros, en la terraza, donde el aire olía a flores e, irónicamente, parecía cargado de sexualidad.

Después de cenar, le había dado las buenas noches y había ido a tumbarse a la enorme cama de sábanas inmaculadas en la que había dormido sola, rezando por que la puerta no se abriese y apareciese él, movido por el aburrimiento o la impaciencia.

Aunque, por suérte, eso no había ocurrido y en esos momentos estaban separados. Lo más probable era que Renzo hubiese entendido la indirecta y estuviese haciendo lo necesario para poner fin a aquel matrimonio.

Marisa se dijo que jamás debía haber aceptado casarse con él, pero que no podía dejar a su prima Julia sin casa, sobre todo con un marido enfermo, a pesar de lo que pensase de ella.

Se había sentido avergonzada cuando su prima la había sorprendido en los brazos de Alan y lo había echado de allí.

–¿Cómo te has atrevido? –le había preguntado ella–. Ya no soy una niña, y puedo ver a quien me plazca.

–Siento llevarte la contraria, querida –había respondido Julia–. Tu futuro marido no quiere que ningún otro hombre se acerque a ti, así que haremos como si lo que he visto no hubiese ocurrido nunca, ¿de acuerdo? Será lo mejor para las dos.

–¿Lo mejor para las dos? ¿De qué estás hablando? Yo no tengo ningún futuro marido.

–No seas tan ingenua. Sabes tan bien como yo que se espera que te cases con Lorenzo Santangeli.

–¿Casarme? ¿Con Renzo? Pero si no era más que el típico comentario tonto que hace la gente.

–Nada de eso, era muy serio. El glamuroso señor Santangeli ha estado esperando a que alcances una edad razonable para casarse contigo.

A Marisa se le había hecho un nudo en la garganta.

–No me lo puedo creer.

–No sé si habrá pensado en ti en algún momento, si acaba de acordarse de ti o si alguien le ha refrescado la memoria, pero lo cierto es que va a venir la semana que viene a visitarnos. Es rico, guapo, y tiene fama de buen amante. Enhorabuena, cielo. Te ha tocado el gordo.

–No me ha tocado nada –había replicado ella, con el corazón latiéndole a toda velocidad–, porque no voy a casarme. Ni siquiera me gusta.

–Bueno, él tampoco parece estar locamente enamorado de ti –le había dicho Julia Gratton–. Es un matrimonio concertado, tonta. La familia Santangeli necesita una muchacha joven y sana, que pueda darles herederos, y te ha elegido a ti.

–Pues tendrán que buscarse a otra, porque yo no estoy a la venta.

–Hace años que te compraron, cariño. ¿Cómo crees que podemos vivir en esta casa? ¿De dónde crees que salió el dinero para pagar tu colegio? ¿Quién crees que nos da de comer a todos, te compra la ropa, te paga las vacaciones y otros caprichos?

–Yo pensaba que tú…

–No seas ingenua. Harry edita libros de texto, y con la esclerosis múltiple, no creo que pueda seguir trabajando durante mucho tiempo.

–Conseguiré un trabajo. Les devolveré todo el dinero –había dicho ella.

–¿Cómo? Aparte del curso de Bellas Artes que estás haciendo, no has sido preparada para otra cosa que no sea casarte con un multimillonario y ser la madre de sus hijos.

–No puedo creerlo. No es posible que Renzo esté de acuerdo. Él… tampoco me quiere. Estoy segura.

Julia había reído con cinismo.

–Es un hombre, cariño, y tú una muchacha atractiva y en edad casadera. No te preocupes, Renzo sabrá cumplir con sus obligaciones, y disfrutar de ellas también.

–Eso es… obsceno.

–Así es la vida –había comentado Julia encogiéndose de hombros–. Y tu vida como marquesa Santangeli tendrá sus compensaciones. Cuando le hayas dado un heredero a Lorenzo, no creo que vuelvas a verlo demasiado. Él continuará divirtiéndose, como hace ahora, pero de manera mucho más discreta, y tú podrás hacer lo que quieras.

–¿Quieres decir que está con alguien? ¿Tiene… una novia? –le había preguntado ella.

–Bueno, tiene algo más que eso. Una bella veneciana, llamada Lucia Gallo, que trabaja en televisión. Parece ser que, desde hace unos meses, se han hecho inseparables.

–Ya veo –el instinto le había dicho a Marisa que su prima estaba disfrutando mucho de aquello, así que intentó sonar despreocupada–. Entonces, ¿por qué no se casa con ella?

–Porque está divorciada, y no es la mujer adecuada en muchos aspectos. Pensé que ya te había dicho que las futuras mujeres Santangeli deben llegar vírgenes al matrimonio.

–Supongo que esa regla no se aplica también a los hombres.

Julia se había reído.

–No, y te alegrarás de ello cuando llegue el momento –su tono se había vuelto mucho más conciliador–. Piénsalo, Marisa. No será tan malo. Siempre has dicho que querías viajar. Pues lo harás, y en primera clase. Y estarás muy cerca de Florencia, donde siempre podrás volver a sumergirte en el mundo del arte. Crear tu propia vida.

–¿Y se supone que por eso tiene que merecer la pena? –había cuestionado ella con incredulidad–. ¿Permito que me… utilicen, a cambio de visitar Florencia? No lo haré.

–Sí lo harás. Porque todos dependemos económicamente de los Santangeli. Les debemos el nivel de vida que llevamos. Y cuando te hayas casado con Lorenzo, Harry y yo continuaremos llevándolo, porque han accedido a que nos traslademos a las afueras de Londres, a una casa de una planta adaptada para la silla de ruedas de Harry, y a que contratemos a una cuidadora a tiempo completo cuando lo necesite –le tembló la voz–. Algo que jamás podríamos permitirnos en circunstancias normales.

Hizo una pausa.

–Si te echas atrás, perderemos esta casa –añadió–. Todo. Y no quiero poner el futuro de mi marido en peligro porque una niña mimada decide que el precio es demasiado alto para su delicada sensibilidad. Recuerda que muchas chicas matarían por estar en tu lugar. Así que, por lo menos, aprende a ser civilizada con él por el día, coopera por las noches, y no hagas preguntas cuando no esté. Hasta tú deberías ser capaz de conseguirlo.

Pero Marisa pensó que no lo había conseguido. Suspiró. Había intentado evitar la boda. Y había intentando contactar con Alan, pero no lo había conseguido. Cuando una semana más tarde por fin había dado con él, se había enterado de que le habían ofrecido trabajo en Hong Kong.

Después de aquello, le había resultado difícil seguir peleando, al darse cuenta de que no tenía a quién acudir, ni adónde ir.

Pero si había terminado cediendo, había sido por Harry, un hombre callado y bueno, que había hecho que su vida en casa de Julia fuese mucho más llevadera, y que iba a necesitar la ayuda de los Santangeli muy pronto.

No obstante, si Renzo Santangeli creía que iba a postrarse a sus pies, agradecida, se iba a llevar una sorpresa.

Era una postura que había mantenido durante el supuesto cortejo. Cuanto menos viera a Renzo, mejor, aunque lo cierto era que la única vez que habían estado a solas antes de la boda, pensó mientras miraba el salvapantallas del ordenador, había sido cuando él le había pedido en matrimonio y le había explicado que quería hacer las cosas lo más fáciles posible para ella, y que no la forzaría a tener relaciones íntimas hasta que no se sintiese acostumbrada a las nuevas circunstancias y estuviese preparada a ser su esposa en todos los sentidos de la palabra.

Sin duda, Renzo debía de haber pensado que no tendría que esperar demasiado, que aunque fuese sólo por curiosidad, Marisa acabaría acercándose a él.

Pero durante la luna de miel, ella le había dejado

bien claro lo contrario. Y su separación al final de la misma había sido un alivio para ambos. A pesar de que él, consciente de sus deberes, había hecho varios intentos de mantener un contacto mínimo con ella después de que se hubiese ido a Londres, no parecía haber visto la necesidad de ir a verla en persona. Aun así, Marisa no lo habría permitido.

En esos momentos, Renzo parecía haber admitido que su matrimonio estaba acabado. Y pronto sería libre de escoger a otra mujer para ocupar su cama, probablemente, alguna mujer italiana con talento para la maternidad.

Eso complacería a la bruja de su abuela, que siempre había visto con desaprobación la elección de ella como su esposa.

Se había preguntado en algunas ocasiones si todo el mundo se daba cuenta de que Renzo casi no la tocaba. Y que nunca la había besado.

Salvo una vez…

Había sido durante la cena que había organizado el padre de éste para celebrar su decimonoveno cumpleaños en La Toscana. Ella se había puesto para la ocasión un vestido color crema de manga larga y discreto escote, la personificación de la prometida recatada, con un bonito collar de perlas que él le había regalado colgado del cuello, para que todo el mundo pudiese verlo y admirarlo. Los habían sentado juntos.

–Las perlas significan pureza –había comentado Julia con acidez–. Y ésas cuestan una fortuna. Es evidente que espera cobrárselas bien en la noche de bodas.

Marisa se había preguntado entonces si era ése

el mensaje que Renzo quería dar a todo el mundo. Le habían dado ganas de devolver el collar a su caja, pero al final se había armado de valor y se lo había puesto, junto con el anillo de compromiso: un enorme rubí rodeado de diamantes.

No podía criticar su generosidad. De hecho, se había quedado de piedra al enterarse del dinero que se le asignaría cuando estuvieran casados, no tenía ni idea de en qué iba a gastárselo.

Pero entonces se había recordado a sí misma que no quería más que comprar su voluntad y, tal y como le había recordado Julia, también su cuerpo.

Y ésa era una idea que había ido poniéndola nerviosa según se había acercado el día de la boda.

Porque, a pesar de que él le había prometido respetarla, llegaría una noche en la que tendría que someterse a él. Y eso le daba miedo.

Él le daba miedo...

Durante aquella cena, lo había estudiado de reojo, mientras hablaba con las personas que había al otro lado de la mesa, riendo, y había pensado que, si lo hubiese conocido aquella noche, tal vez le hubiese parecido inquietantemente atractivo.

El esmoquin resaltaba su cuerpo delgado y fuerte. Aunque siempre vestía bien, tuvo que reconocer ella.

Y eso, por desgracia, le había llevado a pensar que pronto sabría también cómo era Renzo sin ropa. Se había quedado casi sin aliento y había sentido una ola de calor que había hecho que le ardiese la cara.

Él, como si se hubiese dado cuenta de su estado de confusión, se había vuelto hacia ella y había estudiado su rostro. Y, por un momento, había dado la sensación de que estaban los dos solos en la habitación, sus miradas se habían cruzado y él había parecido descifrar, divertido, sus pensamientos.

Renzo se había inclinado entonces, le había tomado la mano y la había rozado con sus labios antes de darle la vuelta y darle un beso en la palma.

Ella se había ruborizado todavía más y había oído un murmullo de aprobación del resto de la mesa.

Entonces, dándose cuenta de que aquello había sido culpa suya, había retirado la mano con la poca dignidad que le quedaba. También había imaginado que al resto de los invitados les gustaría aquel gesto, teniendo en cuenta que la consideraban una chica ingenua y tímida, cuando en realidad ella hubiese preferido agarrar la botella más cercana y rompérsela a Renzo en la cabeza.

Después de la cena, se había sentido aliviada al ver que Renzo, por educación, tenía que atender a los invitados, y había podido escaparse sin hablar con él.

Era consciente de que esa noche había perdido terreno, pero ya encontraría el modo de recuperarlo.

«Y lo hice», pensó en ese momento, «aunque las consecuencias hayan sido amargas».

Tuvo que salir de sus pensamientos al ver entrar a Corin en la galería, parecía angustiado.

–Quiere su mitad de la galería –anunció sin más preámbulos–. Dice que soy demasiado tradicional, y que quiere que se tengan en cuenta sus ideas, lo que significa que vamos a tener que trabajar juntos todos los días, como si no hubiese pasado nada. No podría soportarlo.

Se dejó caer en su sillón.

—Además —continuó—, ya sé cuáles son sus ideas y no funcionarían aquí, pero no puedo permitirme comprar su parte —suspiró—. Así que tendré que dejar esto y empezar de nuevo, tal vez en otra zona donde los locales no sean tan caros.

Marisa le llevó un café bien cargado.

—¿No podrías buscar a alguien que invirtiese en la galería, para que pudieses comprarle su parte a tu mujer?

—Ojalá —contestó él haciendo una mueca—, pero no es un buen momento, y las cosas van a ir todavía a peor, así que no creo que sea fácil que alguien quiera arriesgarse —le dio un trago a su café—. Creo que hoy voy a cerrar antes. ¿Te apetece cenar conmigo?

«Lo siento, Corin, pero no estoy de humor para ser el paño de lágrimas de nadie, ni para ninguna otra cosa. Eres un buen hombre, pero nada más. Tengo mis propios problemas que resolver», pensó.

—Lo siento —dijo en voz alta—, pero ya he quedado.

No había pensado en quedar con Alan, pero, de repente, le pareció mejor que pasar la noche sola, dándole vueltas a su pasado.

«Tengo que mirar hacia el futuro, hacia mi libertad».

Capítulo 3

MIENTRAS se vestía para ir a cenar con Alan, Marisa seguía sin estar segura de si estaba haciendo lo correcto.

Había pasado poco más de un año desde que había considerado la idea de escaparse con él y, aunque en esos momentos el corazón ya no se le aceleraba ante la idea de volver a verlo, le parecía mejor que quedarse sola en su piso.

Vivía en un piso pequeño, de una sola habitación, pero muy luminoso y alegre, bien amueblado y que estaba en una buena zona de Londres.

Y lo mejor era que, al vivir sola, no tenía que rendirle cuentas a nadie.

El único inconveniente era que tenía que aceptar que su independencia tenía unos límites, ya que no era ella quien pagaba el alquiler, sino una firma de abogados que actuaba en nombre de su marido.

Cuando se divorciasen, no podría seguir permitiéndose vivir en un sitio así.

Y su vida sufriría más cambios, no todos negativos. Por ejemplo, podría intentar seguir estudiando.

Pero lo que tenía que hacer aquella noche era pensar en su futuro inmediato, y estar alerta. No quería que Alan pensase que era una esposa solitaria que necesitaba consuelo.

Porque no era así.

Escogió la ropa con cuidado: una falda azul clara y una camisa de seda blanca. Y se puso un poco de maquillaje.

Para terminar, y muy a su pesar, recuperó su alianza de la caja en la que estaba guardada, en la mesilla, y se la puso. Eso recordaría a su acompañante que no estaba en el mercado.

Dos horas más tarde, descubrió que Alan no había cambiado demasiado durante su ausencia y que, a pesar del ambiente romántico que reinaba en Chez Dominique, la noche estaba siendo bastante aburrida.

Aunque, al mismo tiempo, también estaba siendo desconcertante, ya que Alan había escogido hablar de su relación pasada con añoranza, como si hubiese sido mucho más profunda e importante de lo que ella recordaba.

«No te lo tomes tan a pecho», pensó ella. «No éramos más que dos niños, aunque tú seas algo mayor que yo. Yo todavía era virgen, y sospecho que tú también, aunque eso haya cambiado para ambos».

Alan parecía más seguro de sí mismo, iba vestido con un traje claro y una camisa azul que realzaba el color de sus ojos. Y se había arreglado los dientes.

Era un buen tipo, pero nada más.

Lo que sí seguía siendo excelente era la comida de Chez Dominique, y la conversación se volvió mucho más interesante cuando consiguió que Alan le hablase de su vida en Hong Kong. Le alegró saber que le iba bien.

No obstante, todavía parecía estar un poco resentido por haber tenido que marcharse por obligación.

Cuando el camarero les llevó el postre, Alan le preguntó:

—¿Te alojas en casa de tu prima?

—Oh, no —respondió ella sin pensarlo—. Julia vive ahora cerca de Tonbridge Wells.

—¿Y te dejan estar sola, sin guardaespaldas? Me sorprende.

—¿Por qué? Tal vez... Lorenzo —tartamudeó un poco al decir su nombre— confía en mí. «O no le importa lo que haga».

—Supongo que tendrás una suite en el Ritz, o en cualquier otro hotel de cinco estrellas.

—Nada de eso. En realidad, me han prestado un piso —que era lo más cercano a la verdad y que le recordó las ganas que tenía de volver allí y no tener que responder a más preguntas.

Se miró el reloj y empezó con la retirada.

—Dios mío, qué tarde se ha hecho. Debería marcharme.

—¿Esperas una llamada de tu marido? —preguntó él.

—No. He quedado pronto mañana por la mañana —«entro a trabajar a las nueve».

Al mismo tiempo, se dio cuenta de que su comentario había hecho que recordase que había habido una época en la que Renzo la había llamado casi todos los días y le había dejado breves mensajes en el contestador, que ella había borrado inmediatamente, igual que había roto sus cartas sin leerlas.

Hasta la noche en que le había dicho:

–Mañana, Marisa, cuando te llame, responde. Tenemos que hablar. Te lo pido por favor.

Y la noche siguiente, había tenido que hacer un esfuerzo sobrehumano para no responder al teléfono.

Después de aquello, no había vuelto a llamarla, ni volvería a hacerlo. Marisa había conseguido, con su intransigencia, la victoria que tanto había deseado, aunque no había logrado comprender por qué su triunfo le resultaba, de repente, estéril.

Discutió educadamente con Alan acerca de quién iba a pagar la cuenta y ganó él, luego, salió a la calle y se sintió aliviada.

Se volvió para despedirse y vio que Alan acababa de parar un taxi. Le pareció muy amable por su parte, aunque no había imaginado que él se subiría también.

–¿Quieres que te deje en alguna parte? –le preguntó con frialdad.

–Pensé que ibas a ofrecerme un café, o una copa –contestó él sonriendo.

–Es tarde…

–Por los viejos tiempos.

–Bueno –contestó ella a regañadientes–, un café rápido, pero luego te marchas.

Él sonrió, satisfecho.

Marisa no dudó de su capacidad para mantenerlo a raya, ya lo había hecho con otra persona con mucho éxito, aunque después le hubiese salido el tiro por la culata.

Al llegar a su casa bajaron del taxi y tomaron el ascensor hasta el segundo piso. Marisa se dio cuenta de que Alan estaba acortando distancias y retrocedió, pero mientras metía la llave en la cerradura, volvió a acercarse tanto que, en cuanto la puerta se abrió, Marisa cruzó corriendo el pequeño pasillo para entrar en el salón.

La luz estaba encendida. Y en el salón había alguien.

Se detuvo con tanta brusquedad al ver, horrorizada, de quién se trataba, que Alan chocó con ella.

Lorenzo Santangeli estaba tumbado en el sofá, se había quitado la chaqueta y la corbata, y se había desabrochado y remangado la camisa.

Además, había abierto una botella de vino y servido dos copas.

Al verla, dejó a un lado el libro que estaba leyendo y, sonriendo, se puso en pie.

–Maria Lisa –dijo con voz aterciopelada–. *Carissima*. Por fin has vuelto. Estaba empezando a preocuparme.

–Renzo… –consiguió decir ella–. ¿Qué estás haciendo aquí?

–Quería darte una sorpresa, cariño. Y veo que lo he conseguido.

Se acercó a ella con los pies descalzos, le tomó la mano y se la besó antes de mirar hacia Alan.

Marisa se fijó en que no se había afeitado.

–¿No vas a presentarme a tu acompañante para que le dé las gracias por haberte traído a casa sana y salva?

Marisa oyó a Alan tragar saliva.

–Por supuesto. Éste es Alan Denison, un viejo amigo, que está pasando unos días de vacaciones aquí, pero vive en Hong Kong.

Por un momento, le pareció ver un atisbo de sorpresa en sus increíbles ojos.

–Ah… sí. Ya lo recuerdo.

–Nos hemos encontrado por casualidad –dijo Alan–. En la calle. Esta mañana. Y he invitado a su… a la señora Santangeli a cenar.

–Qué amable por su parte –respondió Renzo, que seguía agarrándole la mano.

Marisa se dijo que era mejor no retirarla en ese momento. De todos modos, lo tenía demasiado cerca para estar cómoda, incluso podía oler su colonia, que evocó recuerdos que le hubiese gustado borrar de su mente.

Alan empezó a retroceder hacia la puerta. Si no hubiese estado tan nerviosa, a Marisa hasta le habría parecido divertido, pero en esos momentos no quería que se fuese.

–Bueno, dado que ya está sana y salva con usted… –lo oyó balbucear…

–Es usted muy considerado, *signore*. Permítame que le desee buenas noches, en mi nombre y en el de mi esposa –contestó Renzo sin moverse de donde estaba, observando cómo el otro hombre murmuraba algo incomprensible y salía por la puerta, cerrándola tras él.

Una vez solos, Marisa se zafó de Renzo y retrocedió, poniendo distancia entre ambos. El corazón le latía a toda velocidad.

–No es lo que piensas –le dijo, mirándolo a los ojos.

Él arqueó las cejas.

–¿Has aprendido a leer la mente durante nuestra separación, *mia cara*?

–No, pero soy consciente de lo que podrías pensar dada la situación.

–Sólo sé que tu amigo parecía decepcionado. Eso es todo lo que me hace falta saber. Y tú eres demasiado joven para decir de él que es un viejo amigo –añadió–. No suena… creíble.

Ella respiró profundamente.

–Cuando quiera un consejo tuyo, te lo pediré. Y Alan y yo éramos amigos, hasta que te entrometiste. Además, si ha venido aquí esta noche ha sido porque yo le he invitado… a tomar un café. Eso es todo. No pienses que todo el mundo es como tú.

Él la miró divertido.

–Veo que mi ausencia no ha dulcificado tu lengua, *mia bella*.

–No tienes por qué escucharme –replicó ella–. ¿Qué estás haciendo aquí? ¿Cómo te atreves a entrar y… ponerte cómodo?

Renzo decidió sentarse en el sofá, como si estuviese en su casa.

–El recibimiento no está siendo muy caluroso, *mia cara*. Somos marido y mujer, así que tu casa es la mía. ¿Dónde iba a ir si no?

Marisa levantó la barbilla.

–¿Cómo has entrado, si puede saberse?

–El apartamento está alquilado a mi nombre, así que, como es natural, tengo una llave.

–Ya veo. Supongo que debí habérmelo imaginado.

Él la observó. Marisa seguía cerca de la puerta, con la chaqueta de algodón blanca puesta.

–Cualquier diría que estás deseando huir, Maria Lisa –comentó–. ¿Adónde piensas ir?

–Adonde no puedas encontrarme.

–¿Crees que existe ese lugar? –preguntó él sacu-

diendo la cabeza muy despacio–. A mí me parece
que ya es hora de que nos sentemos a hablar como
dos personas civilizadas.

–Nuestra relación no ha sido así hasta el momento –dijo ella–. Y preferiría que fueses tú quien
se marchase –se acercó a la puerta y la abrió de par
en par–. Ya te has deshecho de Alan. Te sugiero que
lo sigas.

–Lo siento, pero no voy a ir a ninguna parte. ¿Por
qué no te sientas y te tomas una copa de vino conmigo?

–Porque no quiero vino –replicó ella–. Y si tenemos algo de qué hablar, deberíamos hacerlo con
nuestros abogados. Ellos se ocuparán de todo.

–No te entiendo –dijo él, estirándose con indo-
lencia.

–No intentes jugar conmigo. Me refiero a nuestro divorcio, por supuesto.

–Nunca ha habido un divorcio en la familia Santangeli –respondió él–. Y él mío no va a ser el primero. Estamos casados, Maria Lisa, y así es como
pretendo que sigamos.

La vio palidecer y añadió:

–Supongo que no creías que este periodo de separación iba a ser permanente.

–Eso esperaba, sí –contestó ella, desafiante.

–En ese caso, tendrás que mantener el optimis-
mo hasta que la muerte nos separe, *carissima*. No
ha sido más que un respiro. Te lo dejé claro, pero
parece que no quisiste entenderme. En cualquier
caso, sigues siendo mi esposa, y siempre lo serás.

Ella tenía las manos a ambos lados del cuerpo,
le temblaban tanto que se le movía la falda.

–¿A eso has venido? ¿A decirme que nunca seré libre, *signore*? Es ridículo. No podemos seguir viviendo así. Estoy segura de que tú no lo deseas más que yo.

–Por una vez, estamos de acuerdo –dijo él–. Tal vez sea un buen augurio.

–No cuentes con ello.

–Contigo, Maria Lisa, no cuento con nada. He venido a invitarte a volver a Italia, a mi lado.

Ella lo miró fijamente, consternada, y luego exclamó:

–¡No! No puedes hacerlo. No iré contigo.

Él se sirvió más vino y bebió.

–¿Puedo preguntarte por qué no?

–Creo que ya conoces la respuesta –contestó ella con la mirada fija en la moqueta.

–Ah, quieres decir que todavía no estás preparada para perdonarme por los errores que cometí durante nuestra luna de miel. Aunque tendrás que admitir que no toda la culpa fue mía.

–No puedes echarme la culpa a mí. Al fin y al cabo, no te prometí nada.

–Desde luego, no me diste nada –replicó él–. Pero no puedes fingir que no conocías las condiciones de nuestro matrimonio.

–No, pero no esperaba que fueses a exigirme eso.

–Yo tampoco esperaba que fueses a poner a prueba mi paciencia –contestó Renzo–. Tal vez ambos hayamos aprendido algo de aquello.

–Sí. Yo he aprendido que no puedo fiarme de ti, por eso no voy a ir contigo a Italia, ni a ninguna otra parte. Quiero poner fin a este matrimonio y nada de lo que hagas o digas podrá hacerme cambiar de opinión.

–¿Ni siquiera el hecho de que mi padre esté enfermo y haya preguntado por ti?

Ella se sentó en el borde del sillón que había frente al sofá y lo miró fijamente.

–Zio Guillermo… ¿Enfermo? –negó con la cabeza–. No te creo. Nunca ha estado enfermo, en toda su vida.

–Pues tuvo un infarto hace dos noches. Como podrás imaginar, a todos nos ha pillado por sorpresa. Supongo que a ti también.

–Sí, Dios mío. Claro. Ya veo… –dijo con tristeza. Guardó silencio un momento y se humedeció los labios con la punta de la lengua antes de continuar–. Pobre Zio Guillermo. ¿Está… muy mal?

–No –contestó él–. Ha tenido mucha suerte. Al menos esta vez. Como ves, estoy siendo sincero contigo –añadió–. En estos momentos, su vida no corre peligro, pero tiene que descansar y evitar el estrés, algo bastante complicado, dado que nuestro matrimonio sigue preocupándole mucho.

–Eso es… chantaje.

–Si quieres verlo así –dijo Renzo, encogiéndose de hombros–. Por desgracia, también es la verdad. Papá teme que vaya a morir sin conocer a sus nietos –la miró a los ojos–. Y no se merece semejante decepción, Maria Lisa, de ninguno de nosotros. Por eso creo que ha llegado el momento de que cumplamos con las condiciones de nuestro acuerdo y lo hagamos feliz.

–¿Quieres decir que vas a… obligarme a tener un hijo tuyo? –preguntó ella en un murmullo.

–No voy a obligarte a hacer nada. Te lo prometí. Te estoy pidiendo que me perdones por lo que pasó y que me des la oportunidad de hacer las paces contigo para que podamos volver a empezar nuestra vida juntos. Para ver si, al menos, somos capaces de ser amigos.

–Pero, no obstante, sigues queriendo que haga… eso.

–Eso –repitió él–, es como se hacen los niños –hizo una pausa antes de añadir–: Y es también como se hace el amor.

–Esa palabra no puede aplicarse a nuestra situación –comentó ella en tono helado.

Renzo se encogió de hombros.

–No hace falta estar enamorada de un hombre para disfrutar con él en la cama. ¿No te lo mencionó nunca tu prima cuando te daba consejos prematrimoniales? –la vio sonrojarse–. Ya veo que sí.

–Da la casualidad de que no estoy de acuerdo con ella en ese aspecto.

–Por eso esperabas tener un encuentro mucho más romántico esta noche, pero yo lo he estropeado apareciendo aquí, ¿verdad? Mi pobre Marisa, *ti devo delle scuse*. Tienes tantas cosas por las que perdonarme.

–No por lo de esta noche, que ha sido un error.

«Uno de tantos que he cometido», pensó ella.

–Me siento aliviado al oír eso. Por cierto, he reservado dos billetes para el vuelo de mañana por la tarde. Espero que te dé tiempo a prepararte.

–Todavía no he dicho que vaya a ir contigo.

–Es cierto, pero espero que lo consideres detenidamente. Aunque tengas muy mala imagen de mí, mi padre se merece tu gratitud y tu afecto. No habrá nada que le alegre más que tu vuelta a casa.

—Podría ir a visitarlo —dudó ella.

—No, *per sempre*. Tienes que quedarte. Debes aprender a ser mi esposa, *mia bella*. A llevar la casa, a los criados, a tratar a mi padre siempre con respeto, a entretener a mis amigos y a aparecer a mi lado en público. Todo eso llevará tiempo, aunque ya debería salirte de manera tan natural como respirar. Ya he esperado lo suficiente. Además, cuando nos parezca adecuado, también tendrás que empezar a compartir mi cama. *Capisci?*

—Sí, lo entiendo —tomó aire—. Pero no puedo marcharme mañana. Tengo un trabajo.

—Tu trabajo en la galería Estrello es temporal —comentó él tranquilamente—. Estoy seguro de que el señor Langford comprenderá la situación.

—¿Sabías que estaba trabajando? ¿Lo sabías todo? —levantó la voz—. ¿Quieres decir que has ordenado que me vigilen?

—Por supuesto. Eres mi esposa, Marisa. Tenía que estar seguro de que no te pasaba nada en mi ausencia.

—¿Espiándome? Dios mío, qué canallada.

—No era más que una precaución. Dado que no contestabas a mis llamadas ni a mis cartas, tenía que mantener el contacto contigo de alguna manera.

Ella se apartó un mechón de pelo de la cara con mano temblorosa.

—Ojalá hubiese hecho yo lo mismo. Seguro que ahora tenía las pruebas necesarias para poner fin a nuestro matrimonio.

—O tal vez te hubieses dado cuenta de que no es

tan fácil deshacerse de mí –sirvió vino en la segunda copa y se la tendió–. Vamos a brindar, *carissima*. Por el futuro.

–No puedo –dijo ella retirando las manos–. No soy tan hipócrita. Necesito que me des más tiempo, para pensar...

–Has tenido meses para pensar –respondió Renzo–. Y para acostumbrarte a la situación.

–Haces que suene tan sencillo...

–Eres mi esposa. Y deseo que vivas conmigo. No me parece tan complicado.

–Pero hay tantas otras mujeres... Si no nos divorciamos, podríamos conseguir la anulación. Podríamos decir que no consumamos el matrimonio, casi fue así, y tú podrías elegir a quien quisieras, y que te quisiera a ti.

–Nada de eso –replicó él con dureza–. He venido a llevarte a casa, Maria Lisa, lo quieras o no. Quiero una respuesta positiva por tu parte mañana en el desayuno.

–¿En el desayuno? –repitió ella–. ¿Quieres decir que quieres que vaya a tu hotel?

–No te preocupes, no vas a tener que tomarte las molestias, voy a pasar la noche aquí.

–¡No! –gritó, sin poder evitarlo–. No... no puede ser. Es imposible. El piso es demasiado pequeño.

–¿Quieres decir que sólo hay un dormitorio y una cama? –preguntó él, divertido–. Ya me he dado cuenta, pero no te preocupes, dormiré en el sofá, si me prestas una almohada y una manta.

–¿Vas... a dormir en el sofá?

–Eso he dicho –arqueó las cejas–. ¿Hay alguna ley que lo prohíba?

–No –suspiró ella–. Bueno, si estás decidido a quedarte, iré a buscar lo que me has pedido. Y una toalla.

–*Grazie mille* –respondió él con ironía–. Espero que no seas tan brusca cuando tengas que atender a nuestros invitados.

–A los invitados, se les suele invitar –puntualizó ella–. Y son bienvenidos.

–¿Y no crees que llegará el día en que también te alegrarás de verme a mí? –preguntó él sin inmutarse.

–Francamente, no.

–Recuerdo una época en la que tus sentimientos por mí no eran tan hostiles.

–Locuras de la adolescencia, *signore*. Por suerte, esa época no duró demasiado. Sobre todo, cuando me di cuenta de cómo eras en realidad.

–Será mejor que no sigamos con esta conversación, prefiero no saber qué fue lo que te decepcionó de mí.

–¿Te da miedo la verdad?

–En absoluto –contestó él–. Si es que es verdad. Pero he jurado por mi madre que no volvería a perder los nervios contigo, por mucho que me provocases. No obstante, mi paciencia tiene un límite, Maria Lisa. Y te aconsejo que tengas cuidado.

–¿Por qué? ¿Qué más podrías hacerme?

–Será mejor que no lo averigües. Ahora, tráeme esa manta, *per favore*.

Marisa estaba en su habitación cuando se dio cuenta de que la estaba siguiendo.

–No te preocupes, puedo encontrar esa manta sola.

–He dejado aquí mi bolsa de viaje. Y me gustaría darme una ducha.

–Tienes una respuesta para todo, ¿verdad?

–Para ti, no, *mia bella*. Ésa es una de las pocas cosas seguras de nuestra situación.

Y se marchó sin darle tiempo a cometer el fatal error de preguntarle qué otras cosas eran seguras.

De todos modos, no le habría dado la satisfacción de hacerlo, pensó mientras sacaba una manta de lana roja y una toalla de los cajones de debajo de la cama, y una almohada del armario. Estaba enfadada consigo misma por estar temblando por dentro, y todavía sin aliento debido a su encuentro.

No había imaginado verlo en su casa, esperándola para reclamarle algo que ella creía olvidado de mutuo acuerdo.

Había creído que era libre, que el respiro que le habían dado se había convertido en una separación permanente y que, después de llevar a cabo las formalidades legales necesarias, su matrimonio habría terminado.

Pero en ese momento se dio cuenta de que, en realidad, nunca habían estado separados. Siempre habían estado unidos por un vínculo invisible y Renzo sólo había tenido que tirar de él para hacer que volviese a su lado, para hacerle mantener las promesas que le había hecho un día a finales del mes de agosto, en una iglesia abarrotada de gente.

Y, por supuesto, para pagar la enorme deuda que tenía con él y con su familia.

Se estremeció.

Podía negarse a volver a Italia con él. Al fin y al cabo, no iba a llevársela a la fuerza. Pero él le había dejado claro que era su esposa, que iba a seguir siéndolo, y que tenía el dinero y los abogados necesarios para hacer cumplir sus deseos, para mantenerla atada a él.

La alternativa era seguir los consejos de Julia y acceder a las exigencias físicas de Renzo para darle el hijo que necesitaba. Después, podría hacer lo que quisiera con su vida, guardando las apariencias, eso sí. Incluso ser feliz de alguna manera.

Fue al salón a dejar la ropa de cama y se quedó inmóvil en la puerta al ver a Renzo sin camisa y desabrochándose los pantalones.

–Preferiría que te cambiases en el baño –le dijo en tono helado.

–Y yo preferiría que fueses acostumbrándote a la realidad de tener un marido, *mia bella* –replicó él con la misma frialdad–. A mí no me molestaría que te desnudases delante de mí –añadió en tono burlón.

–Cuando las ranas críen pelo –dijo ella, dejando lo que llevaba en las manos en el suelo y retirándose de allí.

Una vez en su habitación, se apoyó en la pared y respiró profundamente, como si acabase de correr una maratón.

Se preguntó por qué la maldita puerta no podía tener un cerrojo, o algo que la hiciese sentirse segura. Aunque lo cierto era que, por mucho cerrojo que hubiese habido, nada habría mantenido alejado a Renzo Santangeli si hubiese querido acercarse a ella.

Lo único que podía salvarla aquella noche sería la indiferencia de éste. Algo que, por desconcertante que fuese, no le causaba ninguna satisfacción.

Capítulo 4

RENZO pensó que el sofá no era tan cómodo como había creído, pero aunque lo hubiese sido, no le habría resultado más fácil dormirse.

Con los brazos cruzados detrás de la cabeza, se quedó mirando el techo blanco, dándole vueltas a la cabeza.

Era lo suficientemente realista para haber aceptado que no iba a llegar a Londres y encontrarse con una mujer contenida y dócil, pero tampoco había anticipado que fuese a mostrarse tan intransigente. De hecho, había esperado que, después de haberle dado algo de tiempo, su actitud se hubiese suavizado un poco. Lo suficiente para poder, al menos, negociar.

Pero, al parecer, no quería perdonarlo, ni olvidar, así que sus planes de empezar desde el principio volvían a verse frustrados.

Lo más sencillo habría sido pedir la anulación del matrimonio, tal y como había sugerido ella, y marcharse. Aceptar que su relación jamás habría podido funcionar.

De hecho, los días anteriores a la boda habían sido casi surrealistas. Marisa, como un fantasma, desaparecía cuando él se acercaba, y cuando estaba obligada a permanecer en su presencia, sólo hablaba si se le dirigía la palabra.

Salvo una noche. Durante la cena, la había sorprendido mirándolo con curiosidad. Y, por un momento, su corazón había dado un brinco de alegría.

No había podido esperar a que se marchasen sus invitados y le había pedido que diese un paseo con él por los jardines, bajo la luz de la luna, pero ella se había retirado a su habitación, sin darle la oportunidad de cortejarla. Al día siguiente, por la mañana, él había vuelto a Roma.

Pero no había olvidado ese instante en el que la había visto bajar la guardia. Hasta se había sonrojado cuando le había dado un beso en la mano.

Así que no estaba dispuesto a rendirse. Conseguiría encontrar el modo de que se olvidase del pasado y lo aceptase como marido. Una decisión que tenía todavía más clara después de haber hablado esa misma mañana con su abuela.

Había llegado a la clínica a ver a su padre justo cuando ella se marchaba, y ella le había pedido que la acompañase a algún sitio donde pudiesen hablar a solas.

—Tu padre me ha dicho que vas a ir a Inglaterra hoy para intentar reconciliarte con esa atolondrada —había comentado en tono ácido—. Es una pérdida de tiempo, mi querido Lorenzo. Le dije a mi hija muchas veces que su idea de casarte con esa muchacha sólo podía terminar en un desastre. Y así ha sido. Esa chica ha demostrado no estar a la altura de nuestra familia.

Hizo una pausa antes de continuar.

–Mi pobre hija no me hizo caso, por desgracia, pero tú tienes que escucharme. Es preciso que cortes cualquier vínculo con ella y que termines con ese matrimonio. Tienes que encontrar una buena mujer italiana, que sepa lo que se espera de ella y que desee dedicar su vida a complacerte.

–Y, por supuesto, *nonna* Teresa, tú ya tienes a una candidata en mente, ¿verdad? O, tal vez, incluso más de una –había contestado él sonriendo.

–Le he dado muchas vueltas al tema –admitió su abuela–, y he pensado en Dorotea Marcona. Es hija de un viejo amigo, una muchacha dulce y piadosa, que jamás te dará un dolor de cabeza.

–¿Dorotea? ¿Es ésa que no para de hablar, la del estrabismo?

–A veces bizquea, pero es un problema que podría corregirse fácilmente con una pequeña operación.

–Que yo tendré que pagar, ya que la familia Marcona no tiene dinero –comentó Renzo sacudiendo la cabeza–. Eres tú la que pierdes el tiempo, *nonna* Teresa. Marisa es mi esposa, y pretendo que siga siéndolo.

–Menuda esposa, que vive en la otra punta del continente. Vuestra separación amenaza con convertirse en un escándalo público, sobre todo, después de su comportamiento durante la boda –apretó los labios–. ¿Se te ha olvidado ya cómo te humilló?

–No, no se me ha olvidado.

De hecho, gracias a su abuela, no había podido dejar de pensar en ello. Por eso había llegado a Londres de mal humor, y al llegar a casa, se había encontrado con que su mujer no estaba.

Y cuando había vuelto, lo había hecho acompañada. Para poner la guinda, ni siquiera parecía que se sintiese culpable por que la hubiese sorprendido con un ex novio.

Aunque el ataque siempre había sido el arma favorita de defensa para Marisa, pensó Renzo al recordar el día de la boda.

Aquello siempre le había parecido el comienzo de sus problemas maritales, pero ya no estaba seguro. ¿Acaso el problema no había estado ahí desde el principio? Incluso el día que le había pedido que se casase con él había notado la tensión que emanaba de ella, y se había dado cuenta de que iba a tener que ser muy paciente si quería establecer cualquier tipo de relación física con ella.

No obstante, la sentencia de muerte de sus buenas intenciones con respecto a Marisa había sido el final de la ceremonia del matrimonio.

Todavía recordaba su aspecto al llegar al altar de la antigua iglesia de Montecalento, casi etérea con su vestido de seda salvaje blanca, y tan devastadoramente joven y bella que le había costado respirar al verla, hasta que se había dado cuenta de lo pálida que estaba. En ese momento, el deseo carnal había sido reemplazado por un sentimiento de compasión, y por la determinación de que tendría paciencia con ella y le daría todo el tiempo que necesitase para aceptar las nuevas circunstancias.

Se acordaba de cómo le había temblado la mano en la suya cuando le había puesto la alianza, y que no había respondido a la cariñosa presión de sus dedos.

También recordaba que había parecido que Marisa estaba en otra parte, muy lejos de él.

Había oído al obispo darles la bendición final y le había quitado el velo de la cara. Luego, se había inclinado a besarla con cuidado, para hacerle saber, con aquel roce de labios, que no tendría nada que temer cuando estuviesen a solas esa noche.

Pero antes de que sus labios la hubiesen tocado, Marisa había levantado la vista y había girado la cabeza de manera tan brusca, que el beso había ido a parar a su pelo.

Al ver aquello, el obispo no había podido contener un gemido ahogado, y los asistentes se habían removido en sus asientos, lo que había hecho comprender a Renzo que todo el mundo se había dado cuenta de que su esposa lo había rechazado públicamente.

Después de aquello, había recorrido el pasillo con la mano de Marisa descansando en su brazo, obligándose a sonreír a pesar de estar furioso.

Después, se había celebrado el almuerzo, que había tenido lugar bajo la luz del sol, en la plaza Mayor, para que toda la ciudad pudiese compartir la felicidad del futuro marqués con su esposa.

Después, habían abierto el baile y, a pesar de los temores de Renzo, Marisa había pasado por el ritual de manera dócil. Y Renzo había pensado que debían de haber sido los únicos recién casados del mundo que habían pasado las dos primeras horas de su matrimonio sin hablarse.

Había esperado a estar a solas con ella, en la limusina que los llevaba a casa, para preguntarle:

–¿Cómo te has atrevido a hacer algo así? ¿Cómo has osado rechazar mi beso, avergonzarme así delante de todo el mundo?

–Precisamente por eso. Porque nunca habías intentado darme un beso antes, lo que me parecía estupendo –tomó aire–. Has esperado a tener público para interpretar el papel de novio enamorado, para dar una buena imagen delante de tu familia y amigos. Para que todo el mundo piense que es un matrimonio de verdad, y no el pago de una deuda, un sórdido negocio con el que ninguno de los dos está conforme. Pues que sepas que yo no voy a guardar las apariencias.

Hubo un silencio, luego, Renzo dijo en tono helado:

–Supongo que has terminado.

Y ella asintió antes de girar la cabeza para mirar por la ventanilla.

Aunque aquello no era el final, sino el principio de toda una cadena de acontecimientos cuyas repercusiones todavía estaban afectando a sus vidas. Y que sólo Dios sabía cómo iban a terminar.

Marisa tenía un nudo en la garganta. Hecha un ovillo en el centro de la cama, se tapó la cabeza para intentar no oír el ruido de los coches que entraba por la ventana abierta, como si aquél fuese el motivo por el que no podía dormir.

¿A quién estaba intentando engañar?

La inesperada aparición de Renzo en su vida hacía que estuviese hecha un manojo de nervios, y su mente no paraba de darle vueltas a todo lo que le había dicho.

En especial, a su afirmación de que ambos habían cometido errores que habían causado el fracaso de su matrimonio.

Hasta entonces, se había repetido una y otra vez, que todo había sido culpa de él. Pero ya no estaba segura.

Sabía que tenía que haber permitido que la besase en la boda. Si no le hubiese devuelto el beso, él habría sido consciente de que no estaba conforme, pero la cosa habría quedado entre ambos. Nadie más se habría dado cuenta.

Sobre todo, Julia.

–¿Estás loca? –le había dicho a la primera oportunidad–. Dios mío, debe de estar sorprendido. Si sabes lo que te conviene, será mejor que esta noche te tumbes en la cama y reces por que quiera hacer algo contigo. Compénsale haciendo lo que tienes que hacer para pagar tu deuda.

–Gracias por recordarme la finalidad de este matrimonio –había replicado ella.

Y había decidido no disculparse ante Renzo, tal y como tenía pensado.

Su humor tampoco había mejorado cuando se había quedado a solas con él en el coche, ni durante el viaje a Amalfi, donde habían pasado la luna de miel.

Durante el trayecto, Renzo la había ignorado. Ya lo había hecho antes, en el pasado, pero porque era una niña. En aquellos momentos lo había hecho porque estaba enfadado y se sentía humillado.

Y ella había sabido desde el principio que tendría que pagar por lo que había hecho.

Había observado sus dedos delgados agarrando el volante y se había preguntado cómo serían esos dedos sobre su piel. Luego, el silencio le había resultado tan agobiante, que había decidido empezar una conversación.

–¿Vamos al mismo Amalfi?

–No, a un pueblo que está un poco más lejos, en la costa.

–¿Y dijiste que la casa pertenece a tu padrino?

–Sí, la utiliza durante las vacaciones.

–Es todo un detalle que nos la haya ofrecido.

Él se había encogido de hombros.

–Es un lugar tranquilo, con vistas al mar, así que le pareció que podía ser un lugar romántico para una pareja de recién casados. Estaba en la boda, así que estoy seguro de que se habrá dado cuenta de su error.

Marisa se había ruborizado y había bajado la mirada. Si hubiese aceptado aquel beso, tal vez hubiesen comenzado la luna de miel de un modo más dialogante.

Si no hubiesen estado en la autopista, quizás le hubiese pedido a Renzo que parase para seguir su plan original de disculparse ante él e intentar, al menos, mejorar las cosas.

Pero allí no podían parar y, al fin y al cabo, tenía por delante todo un mes para pedirle perdón si quería.

En cualquier caso, su abatimiento no pudo sobrevivir a la primera vista de la encantadora costa amalfitana.

Se echó hacia adelante y, sin querer, exclamó asombrada al ver el primer pueblo, con sus casas blancas brillando bajo la luz del sol, colgando de manera intrépida de las paredes rocosas y por encima del mar.

La misma carretera era una experiencia única, ya que discurría entre altos precipicios a un lado, y el mar al otro, pero Renzo parecía ajeno a todo aquello y conducía tranquilamente, así que ella intentó parece relajada también. Al parecer, no tuvo demasiado éxito, porque él se volvió y la miró con una sonrisa irónica.

–Si no te importa, sigue mirando la maldita carretera –murmuró entre dientes.

Aunque, si era sincera, tenía que admitir que el nerviosismo no se debía sólo a las curvas. Era evidente que pronto llegarían a su destino y tendría que compartir techo con él. Y no como invitada, sino como su esposa.

Se alejaron del mar, tomando una carretera estrecha y empinada. Marisa vio unas casas delante de ella pero, antes de llegar, giraron y se detuvieron delante de unas puertas de hierro forjado que daban a un camino de gravilla al final del cual había una casa de una sola planta, cuyos muros blancos estaban cubiertos de parras.

–*Ecco*, La Villa Santa Caterina –dijo él en tono frío al detener el coche–. Los empleados de mi padrino nos están esperando, así que será mejor que guardemos las formas y finjamos estar encantados de estar aquí, por favor.

Al salir del coche Marisa pensó que hacía calor, pero la ligera brisa olía a flores, y le dio tiempo a respirar profundamente antes de que Renzo la agarrase de la mano y la guiase hasta las tres personas que los esperaban.

–Marisa, éste es Massimo, el mayordomo de mi padrino. Su esposa, Evangelina, que lleva la casa y la cocina, y Daniella, su hija, la doncella.

En la casa, los suelos eran de mármol y las paredes estaban pintadas en tonos pastel.

Evangelina la condujo de manera ceremoniosa hasta un enorme dormitorio situado en la parte de atrás de la casa. En él había una gran cama con una colcha blanca bordada con flores doradas. Y un tocador con un taburete. También había una chaise longue que estaba situada al lado de las puertas de cristal que daban a la terraza.

Al otro lado de la habitación había una puerta que daba a un baño de mármol verde, con una ducha tan grande como el trastero de la casa de Julia.

Otra puerta daba a un vestidor que era como un pasillo, lleno de armarios y cajones y, que, al final, daba a otra habitación tan grande como la suya, amueblada de manera similar.

Aquélla debía de ser la habitación de Renzo. Y, al pensarlo, se le había secado la boca. Por suerte, tenía también su propio baño.

Marisa se había dado la vuelta a toda prisa y había sonreído a Evangelina. Le había dicho que todo era estupendo, magnífico.

Luego, de vuelta a su habitación, había empezado a abrir una de las maletas, pero Evangelina le había dicho que ése era el trabajo de Daniella, que estaría encantada de servir a la esposa del Signor Lorenzo.

Así que Marisa había tenido que seguir al ama de llaves hasta el *salotto*, donde la esperaba un café. Se había preguntado qué pasaría cuando Evangelina se diese cuenta de que la esposa del Signor Lorenzo no iba a cumplir con las expectativas que se tenían de ella.

Se había preparado para otro paréntesis de silencio, pero Renzo parecía estar más amable. Le enseñó la encantadora terraza en la que comerían la mayor parte de las veces, y le explicó cómo el terreno había obligado a que los jardines se hiciesen en varios niveles, conectándolos con escalones y caminos, con una piscina y una zona para tomar el sol al final.

–Mi padrino dice que subir y bajar lo mantiene sano –había comentado Renzo divertido–. Pero su mujer siempre ha dicho que forma parte de un complot para matarla a ella. Aunque, aun así, no deja de ir a la piscina todos los días.

Marisa había observado los jardines por encima de la barandilla.

–¿Y tú tienes el mismo plan?

–De eso nada, *mia bella*. Pretendo que vivas muchos años.

Ella había levantado la barbilla y había pensado que, para hacer ese tipo de comentarios, prefería que estuviese callado.

A la hora de la cena estaba muy cansada. Se dio cuenta de que no había hecho justicia a los esfuerzos de Evangelina, y Renzo también.

–¿No tienes hambre? ¿Prefieres otra cosa?

–Oh, no. El pescado está delicioso. Es sólo que estoy muy cansada, y creo que está empezando a dolerme la cabeza. Tal vez puedas pedir perdón a Evangelina de mi parte, y disculparme.

–Por supuesto –él se había puesto de pie, muy educado–. *Buona notte, mia cara.*

Y ella se había levantado y había andado despacio hasta la puerta, para que no pareciese que estaba huyendo, a pesar de saber que no iba a engañar a Renzo. Por lo menos, la había dejado marchar.

Al llegar a su habitación, se había fijado en que las sábanas estaban abiertas a ambos lados de la cama, y que encima de ella había un minúsculo camisón.

Más decorado para el escenario, había pensado ella. Aunque, por suerte, la obra había terminado.

Después de un baño caliente, se había puesto el camisón que le había dejado Daniella pensando que, de todos modos, los que ella tenía en la maleta eran parecidos. De hecho, habían sido elegidos según los gustos de Renzo, no los suyos.

Aunque, en realidad, no conocía sus gustos, ni quería conocerlos, pero aquel pequeño camisón habría sido del agrado de cualquier hombre.

Se había metido en la cama. «Lo que necesitas es dormir», se había dicho a sí misma. «Las cosas se ven de otra manera por la mañana».

Entonces, un ruido había llamado su atención. Se había incorporado y había visto cómo se abría la puerta del vestidor y aparecía Renzo.

–¿Qué estás haciendo aquí?

–Qué raro que le hagas esa pregunta a tu marido cuando entra en tu habitación en vuestra noche de bodas.

Ella se había quedado inmóvil mientras él se aproximaba. Llevaba una bata de seda negra, pero su pecho y sus piernas desnudas sugerían que no se había puesto nada debajo.

–Te he dicho que estaba cansada. Pensé que lo habías aceptado.

–También has dicho que te dolía la cabeza. Y, a estas alturas, seguro que se te han ocurrido una docena más de excusas para mantenerme alejado de ti. Te sugiero que te las ahorres para el futuro. Esta noche, no te harán falta –le había dicho, sentándose en el borde de la cama.

La cama era muy ancha, y todavía había bastante espacio entre ambos, pero Marisa había tenido la sensación de que estaban demasiado cerca el uno del otro. Y no había querido que él pensase que estaba nerviosa.

Además, lo había visto en bañador en muchas ocasiones, que era algo parecido a como iba en esos momentos.

–Todavía no me has dicho qué has venido a hacer aquí.

–He venido a darte las buenas noches.

–Ya lo has hecho abajo.

–Pero todavía quedan cosas por decir. No hemos empezado bien, tú y yo, y deberíamos solucionar de una vez todos nuestros problemas.

–¿Qué... qué quieres decir?

–Cuando veníamos de camino has sugerido que no te cortejé de manera suficientemente ardiente, pero si guardé las distancias, fue porque pensé que era lo que querías.

–Y lo era, también te lo he dicho.

–Si eso es cierto, ¿por qué has comentado que no intenté besarte?

–Sólo quería hacerte saber que me parecía que todo esto no es más que una farsa. Y que no me gusta comportarme de manera hipócrita delante de la gente sólo para dar una determinada imagen.

–Veo que tienes principios –había dicho él, acercándose más–. Pero ya no estamos en público, *mia cara*. Estamos solos. Nadie es testigo de lo que te voy a pedir.

–Me prometiste que… no me lo pedirías –había susurrado ella–. Por favor, márchate.

–Enseguida. Cuando tenga lo que he venido a buscar.

–No… no te entiendo.

–Es bastante sencillo. Quiero darte un beso de buenas noches, Maria Lisa. Quiero tomar de tu adorable boca lo que me has negado esta mañana, nada más.

–Dijiste que esperarías…

–Y lo haré –se había echado hacia delante y le había apartado un mechón de pelo de la cara–, pero pienso que sería mucho más sencillo para los dos si fueses acostumbrándote a mis caricias, y aprendieses a no tener miedo entre mis brazos.

–¿Qué quieres decir? –había preguntado ella, casi sin aliento–. ¿Que tus besos me van a parecer tan irresistibles que querré más? ¿Que acabaré deseándote? Eso no va a pasar. Porque, lo pintes como lo pintes, me has comprado. Y lo que hagas conmigo no será más que una violación legal.

Se había hecho un horrible silencio, entonces, Renzo había dicho también en voz baja:

–No vuelvas a utilizar esa palabra conmigo. ¿Entendido? Te dije que no te forzaría, y no lo haré, pero será mejor que no sigas poniendo a prueba mi paciencia.

–Que pierdas los nervios no empeorará mi triste vida. En cualquier caso, no tengo la intención de besarte. Por favor, márchate. Ahora.

–No –Lorenzo la había agarrado por los hombros para echarla hacia él.

–Déjame –le había pedido ella, intentando zafarse, asustada, pero decidida–. No lo haré. No.

Le había golpeado el pecho con ambos puños.

–*Mia cara*, esto es una tontería. Tanto lío por tan poco. Un beso, y me iré, lo prometo.

–Vete al infierno –había contestado ella y, con la pelea, se le había roto un tirante del camisón, dejando al descubierto uno de sus pechos.

Inmóvil, horrorizada, había visto a Renzo quedarse también muy quieto y mirarla de manera diferente. Su mano se había deslizado por su hombro hasta otro objetivo mucho más íntimo, tomando su pecho con dedos un poco temblorosos. Le había acariciado el pezón suavemente con el dedo pulgar, haciendo que se endureciese, asustando a Marisa de un modo desconocido hasta entonces para ella.

–No –había dicho ella con la voz quebrada–. No me toques, cerdo.

Y le había dado una bofetada.

Él se había apartado, llevándose una mano al ojo.

Marisa había intentado hablar, decir su nombre, algo. Decirle que había sido sin querer.

Pero él había salido de la habitación sin mirar atrás. Ella se había quedado en la cama, cubriéndose la cara con ambas manos y había oído un portazo.

Al menos aquella noche, Renzo no volvería.

Capítulo 5

INCLUSO después de todo el tiempo que había pasado, el recuerdo de aquella noche seguía doliéndole.

Era la primera vez en su vida que se había comportado así. No se consideraba una persona violenta.

De hecho, se había sentido tan mal que se había puesto a llorar inmediatamente, sin saber por qué. Al fin y al cabo había conseguido sacarlo de su dormitorio, que era lo que quería.

Y no había vuelto. Ni siquiera después…

Marisa tragó saliva y deseó poder borrar todas aquellas imágenes que seguían atormentándola, recordándole lo que había pasado esa noche, y todavía peor, el día después….

Cuando estuvo segura de que se había marchado, su prioridad fue lavarse la cara y cambiarse de camisón, aunque con eso no consiguió borrar la impresión que le había causado la caricia de Renzo sobre su pecho.

Y eso que le había prometido que la dejaría tranquila hasta que estuviese preparada.

Su manera de mirarla, el delicado roce de su mano, le habían demostrado que no podía confiar en él.

Al mismo tiempo, le había hecho ver lo fácil que sería caer en sus redes y olvidar el verdadero motivo, el único motivo, por el que estaban juntos.

Ella había accedido a casarse sólo para saldar una enorme deuda y para hacerle la vida más fácil a un hombre enfermo que había sido muy bueno con ella. No había otra razón.

Y Lorenzo había aceptado casarse con ella para cumplir con su familia. Y para mantener la promesa que le había hecho a su madre en el lecho de muerte. Eso era todo.

—Madrina —susurró Marisa—. ¿Cómo pudiste hacerme esto? ¿Hacérnoslo a los dos?

Había dado por hecho que, si Renzo había sugerido posponer la consumación de su matrimonio, había sido porque no sentía por ella nada más que indiferencia, pero ya no sabía qué pensar.

Tal vez Julia no hubiese estado tan equivocada al pensar que Renzo intentaría aprovecharse de la situación. Que tal vez su inocencia le pareciese una novedad, después de estar acostumbrado a mujeres glamurosas y experimentadas.

—No puedo hacerlo —se dijo a sí misma. Jamás podría acostumbrarse a él.

Siempre había sabido que pasar las noches con su marido sería, como poco, una situación embarazosa para ella, pero tal vez no tuviesen que ser todas las noches, y nunca la noche entera.

Porque lo más seguro era que Renzo se cansase pronto de su ingenuidad.

En algunos aspectos, lo conocía demasiado bien. En otros, no lo conocía en absoluto. Pero, en cualquier caso, le aterraba la idea de tener que dormir a su lado.

Aunque, en realidad, dormir no era el problema.

Había intentado tranquilizarse, diciéndose que lo único que quería Renzo era un hijo que heredase su apellido y el poder y la riqueza que éste representaba, pero lo había estropeado todo al negarle un beso durante la ceremonia y, después de eso, le había entrado pánico.

Y tenía un motivo. La noche de su decimonoveno cumpleaños, se había preguntado si Renzo querría de ella algo más que su rendición. Y la última media hora parecía haber confirmado sus temores, por eso le había dado aquella bofetada.

Su relación con él siempre había sido complicada. Unos años antes, él la había tratado con amabilidad, incluso le había enseñado a jugar al tenis, o a nadar, aunque nunca con demasiado entusiasmo. Hasta que un día, deseando que la viese como a una mujer y no como a una niña, había decidido imitar a otra de las chicas que habían ido allí invitadas por él, y había «perdido» la parte de arriba del bikini en un momento en el que estaban solos en la piscina.

–Si pretendes impresionarme comportándote como una fulana, te has equivocado, María Lisa –le había dicho él en tono frío–. Eres demasiado joven e inexperta para tentarme, y no sólo eres una deshonra para ti misma, sino también para mis padres –luego, le había lanzado la pieza de bikini–. Ahora, tápate y vete a tu habitación.

Humillada, se había marchado corriendo de allí,

y se había maldecido por haberle revelado sus sentimientos de manera tan abierta, y con tan desastroso resultado.

Sólo había empezado a sentirse mejor cuando habían dejado de ir a La Toscana con tanta frecuencia, y hasta había empezado a pensar que si sus madres hablaban de casarlos, no lo hacían en serio.

Al mirar al pasado, tenía que admitir que le había avergonzado más veces antes del incidente de la piscina, pero no entendía por qué había accedido él a que se la impusiesen como esposa unos años después.

Tenía que haber sabido que su matrimonio no podía funcionar.

Aunque tal vez a él le diese igual que no funcionase. Porque, para él, no era más que un medio para llegar a un fin. Un negocio más en el que su cuerpo se convertía en otro objeto a su alcance.

Algo con lo que divertirse de manera temporal, de lo que podría deshacerse discretamente cuando lo desease.

Cuando le hubiese dado un hijo.

Aquél era el punto de vista que Marisa había decidido adoptar y, por eso, a pesar de las insinuaciones de Julia, no había esperado que Renzo se comportase como si… como si la desease.

¿O acaso le daba igual quien fuese, siempre que fuese una mujer, estuviese en su cama y le diese sexo?

Aquella parecía la explicación más probable.

Se quedó un momento observando su cuerpo en el espejo. Observó lo largas que tenía las piernas, el modo en que las sombras de la habitación enfatizaban sus rasgos todavía más. En especial, su nariz…

Se sentía como una cigüeña a la que nadie iba a desear. Mucho menos Renzo.

Se dio la vuelta, suspirando, y volvió a tumbarse en la cama, temblando, a pesar del calor de la noche.

Se quedó escuchando, atenta, por si le oía volver, a pesar de que se había dicho una y otra vez que no iba a ocurrir. Mientras, seguía avergonzándose y arrepintiéndose de muchos de los acontecimientos de aquel día.

Tardó varias horas en dormirse y, por primera vez en muchos años, no la despertó el despertador, así que se levantó tarde y vio a Daniella al lado de su cama, con una bandeja. Los ojos le brillaban de interés y emoción mientras estudiaba a la nueva esposa del Signor Lorenzo.

Marisa se incorporó y se dio cuenta de que había dado tantas vueltas aquella noche, que realmente parecía que no había dormido sola.

Aceptó el café y se obligó a darle las gracias. Si la chica supiera…

Por suerte, no lo sabía. Nadie sabía, aparte de Renzo y ella, que las primeras veinticuatro horas de su matrimonio habían sido un desastre.

Daniella hablaba poco inglés, pero Marisa consiguió convencerla de que podía darse ella sola el baño y elegir la ropa sin su ayuda. Después de que le informase de que quería el desayuno en la terraza trasera, la chica se marchó a regañadientes.

Necesitaba estar sola para poder pensar.

Había tomado un par de decisiones antes de quedarse dormida, y, ante su sorpresa, seguían pareciéndole adecuadas a la luz del día.

La primera era que, en esa ocasión, debía disculparse lo antes posible con Renzo, y darle una explicación acerca de su comportamiento. No tenía elección.

No sería fácil, porque si le decía que le había dado miedo que la besase, él querría saber por qué.

Y tampoco podía admitir que tal vez fuese cierto lo que le había gritado enfadada la noche anterior, tal vez tuviese miedo a que le gustasen sus besos.

No, no podía hacer esa confesión. Habría sido como volver a la adolescencia, así que tenía que tener cuidado, hacerle creer que todo se había debido a que estaba muy nerviosa.

Pero que ya estaba bien…

Porque eso era importante para superar el siguiente obstáculo. Que era, por supuesto, intentar que su matrimonio fuese lo más normal posible, dadas las circunstancias.

Dejó la taza de café vacía encima de la mesilla y se abrazó las rodillas. Frunció el ceño y se preguntó cómo iba a decirle que ya estaba preparada para cumplir con su parte del acuerdo, pero dejándole claro, al mismo tiempo, que para ella cualquier tipo de contacto físico con él sería considerado únicamente parte del trato, y no el inicio de ningún tipo de relación.

De todos modos, él no le había pedido eso. Según Julia, sus necesidades en ese aspecto ya estaban cubiertas por… ¿cómo se llamaba? Ah, sí, Lucia Gallo.

Echó atrás las sábanas y salió de la cama para prepararse.

No le había dado demasiada importancia a la elección de su vestuario, salvo a la hora de vetar a su prima en la elección de los vestidos de noche. Pero esa primera mañana, se encontró delante del armario, dudando qué ponerse, ya que, de repente, le parecía una elección importante.

Al final se decidió por algo sencillo: un vestido amarillo con el escote cuadrado y la falda hasta la rodilla. Se peinó y se maquilló los ojos y los labios.

Luego se calzó unas sandalias de cuero con poco tacón y salió de la habitación para ir a buscar a Lorenzo.

Imaginó que estaría desayunando, pero en la terraza sólo había un servicio.

Se volvió hacia donde estaba Massimo, sorprendida.

–¿El *signore* ya ha desayunado?

–Sí, *signora*. Muy temprano. Nos pidió que no la molestáramos –hizo una pausa–. Y luego se ha ido con el coche. Tal vez al médico, por su accidente…

–¿Accidente? –repitió ella, incómoda.

Evangelina llegó con café y unos bollos, y lo dejó junto al plato de jamón y queso que había en la mesa.

–Sí, *signora* –dijo–. Anoche, en la oscuridad, el Signor Lorenzo se dio contra una puerta –hizo un gesto de reproche, como si pensase que el señor debía haberse quedado en la cama con su mujer en vez de andar por ahí.

Marisa se ruborizó.

–Ah, eso –comentó con indiferencia–. Seguro que no ha sido para tanto.

Sus interlocutores apretaron los labios y se encogieron de hombros, lo que le hizo pensar que tal vez no fuese un buen momento para disculparse con Renzo, y que tendría que mostrarse muy humilde si quería conseguir su perdón.

Lo que no entraba precisamente dentro de sus planes.

Se pasó la mayor parte de la mañana por la terraza, esperando a que volviese.

Hasta que Massimo llegó, desconcertado, y le dijo que el *signore* había llamado por teléfono y le había dicho que le diese el mensaje de que iba a comer fuera.

Marisa consiguió ocultar su alivio y murmuró:

–*Che peccato*.

Después, intentó persuadir a Massimo de que hacía demasiado calor para el banquete que Evangelina estaba planeando servirle y que, dado que estaba sola, con una sopa y un *risotto* de verduras tendría suficiente.

Se obligó a comer a pesar de no tener hambre, ya que no quería que achacasen su falta de apetito a la ausencia de Lorenzo. Ya era consciente de las miradas de preocupación que se intercambiaban a sus espaldas por que la hubiese dejado sola tan pronto después de la noche de bodas. Si Renzo seguía ausente, no tardarían en atar cabos.

Intentó dormir en su habitación, pero como no lo consiguió, se puso un bikini negro y una camisola blanca y negra encima, y se dirigió a la piscina.

Tal y como le había explicado Renzo, tuvo que descender varios niveles formados por terrazas llenas de flores.

En un extremo de la piscina ovalada, había un pabellón hexagonal blanco con toallas, cojines y todo tipo de protectores solares. También había una nevera con agua mineral y refrescos.

El aire olía a flores y sólo se oía el zumbido de las abejas en busca de polen y, algo más lejos, el murmullo del mar.

Marisa respiró profundamente. Si hubiese estado de vacaciones ella sola, habría pensado que aquello era el paraíso.

Y, dado que en esos momentos estaba sola, decidió disfrutar lo máximo posible, se quitó la camisola y se sentó en el bordillo de la piscina un momento, comprobó la temperatura del agua con un pie y luego se metió entera.

Empezó a nadar y, cuando iba por el tercer largo, se sintió relajada por primera vez en muchos días.

Luego salió del agua, se secó, se dio crema y se tumbó a tomar el sol.

Pensó que la cena de esa noche tal vez fuese el mejor momento para anunciarle a Renzo su decisión. Y tal vez después se emborrachase por primera vez en su vida.

En realidad, la cuestión era hacer lo que tenía que hacer para superar aquella fase de su vida sufriendo lo menos posible. Y, en esos casos, el alcohol podía ayudar.

Renzo sabría por qué se estaba emborrachando, pero no tenía por qué importarle, si así conseguía lo que quería.

En cualquier caso, ya se preocuparía por el tema cuando llegase la hora. Lo que tenía que hacer en ese momento era pensar en otras cosas.

Tenía que haberse llevado un libro, pero cuando

se lo había comentado a Julia, ésta le había dicho que seguro que Renzo se ocupaba de que hiciese otras cosas con su tiempo. Y aquello la llevó a darle vueltas de nuevo al mismo tema. Se sentó y se puso la camisola.

El día anterior había visto varias revistas en el *salotto*, todas eran de moda o decoración de interiores, pero le servirían de entretenimiento. Además, estaban en italiano, y Zio Guillermo había sugerido de manera cariñosa, pero con cierta firmeza también, que le iría bien ir mejorando su nivel lo antes posible. Así mataría dos pájaros de un tiro.

Debido al calor, subió poco a poco, deteniéndose con frecuencia a la sombra para volverse a disfrutar de las vistas, pero al llegar al último tramo, se detuvo de repente, con el corazón golpeándole el pecho con fuerza.

Allí estaba Renzo, sentado delante de una mesa, con los pies encima de una silla, leyendo el periódico, con una copa de vino delante. Llevaba puestos unos pantalones cortos blancos, unas alpargatas y las gafas de sol, eso era todo.

Marisa se dio cuenta de que no podía fingir que no lo había visto y deseó llevar más ropa puesta. Y que él también la llevase.

Tragó saliva, tenía cosas que decirle y no podía seguir posponiendo el momento. Se mordió el labio.

Avanzó y Renzo, al verla, dejó el periódico y se puso de pie.

–*Buon pomeriggio* –la saludó sin sonreír.

–Buenas tardes –contestó ella, con la boca seca–. Me alegro de que hayas vuelto.

–Me siento halagado –dijo él en tono inexpresivo.

–Evangelina ha comentado que tal vez hubieran ido al médico –explicó, evitando mirarlo directamente–. Estaba… preocupada.

–¿Temías que me hubiese quedado ciego? –sacudió la cabeza–. Evangelina ha exagerado. Como ves, no me ha hecho falta ir al médico –dijo quitándose las gafas.

Marisa tuvo que mirarlo a la cara, el hematoma que tenía al lado del ojo era peor de lo que había imaginado.

–Lo… lo siento mucho. Fue sin querer, de verdad, fue un accidente.

–Pues qué habría pasado si hubiese sido queriendo –comentó él.

Marisa se ruborizó.

–No suelo hacer cosas así. Estaba… asustada, eso es todo. Toda la tensión de las últimas semanas, de la boda… No ha sido fácil para mí.

–Y mi deseo de darte un beso de buenas noches fue la gota que colmó el vaso, ¿no? ¿Es eso lo que quieres decir?

–Sí… Tal vez –bajó la mirada–. Aunque sé que no es excusa.

–Al menos, ya estamos de acuerdo en algo.

Marisa pensó que no se lo estaba poniendo nada fácil, pero, al fin y al cabo, era él quien tenía el ojo morado.

–También quería darte las gracias por haber dicho que te habías dado contra una puerta –añadió.

–Es la típica excusa –respondió él–. *Inoltre*, la verdad no habla demasiado bien de ninguno de los dos –hizo una mueca–. Y Evangelina se habría disgustado mucho. Es muy romántica.

–En ese caso, ya debe de estar bastante decepcionada con nosotros –comentó ella.

–Sin duda, pero todos tenemos que aprender a vivir con nuestras desilusiones y, a juzgar por lo de anoche, no ha sido más que el principio.

Había llegado el momento de la verdad.

–Tal vez no –sugirió Marisa.

Se hizo un silencio, y luego Renzo preguntó:

–¿Me estás diciendo que quieres que te haga el amor, Maria Lisa?

Ella se dio cuenta de que la estaba estudiando. Y pensó en un tiempo en el que habría respondido con alegría a las caricias de su mirada.

–Será mejor que dejemos las farsas para cuando esté el servicio delante –dijo ella levantando la barbilla–. Tú no me deseas a mí más que yo a ti. Julia ya me ha contado que tienes a la tal Lucia Gallo en tu vida, así que los dos sabemos lo que hemos venido a hacer aquí, lo que se espera de nosotros, y no tiene nada que ver con el amor.

Hizo una pausa, con la mirada perdida en el vacío.

–Anoche me dijiste que querías… que no tuviese miedo cuando estuviese contigo, pero eso no va a suceder nunca –continuó–. Porque, por mucho que esperes, nunca voy a estar preparada.

Él estaba en móvil, y completamente en silencio. Parecía una estatua, un hombre de bronce.

–Me compraste con un objetivo –prosiguió, con la voz un tanto temblorosa–. Y tienes derecho a utilizarme para alcanzarlo. Me he dado cuenta de que accedí a ello cuando me casé. También sé que si me has dicho que ibas a tener paciencia conmigo es para que me sea más fácil… hacer el amor contigo. Pero no ha funcionado, sino todo lo contrario. Es como tener una nube negra encima de la cabeza. Y no lo soporto más, así que preferiría… que lo hiciésemos cuanto antes.

Lo miró de soslayo y, por un momento, le pareció que no tenía morado sólo el ojo, sino toda la cara. Pensó que debía de ser por la luz.

—Así que quería decirte que puedes venir esta noche a mi habitación. Puedes hacer lo que quieras y… te prometo que no me resistiré.

Se hizo otro silencio, aunque diferente en esa ocasión. Y Marisa se sintió preocupada, necesitaba romperlo, que Renzo reaccionase de alguna manera.

—Tal vez no me haya explicado bien…

—Al contrario, has sido más que clara —contestó él en tono frío—. Incluso elocuente. Enhorabuena. Y siento que mis intentos de ser considerado contigo no hayan funcionado. Créeme, no pretendía ponerte nerviosa retrasando la consumación de nuestro matrimonio. No obstante, eso podemos arreglarlo enseguida. Ni siquiera tenemos que esperar a esta noche.

De dos zancadas se acercó a ella, la tomó en brazos y cruzó con ella las puertas de cristal del *salotto*.

—Renzo, ¿qué estás haciendo? —intentó que la soltase—. Bájame, ¿me has oído? Bájame ahora mismo.

—Ahora mismo —la tumbó encima de la alfombra que había delante de la chimenea y se arrodilló a su

lado–. Me has dicho que no ibas a oponerte, Marisa. Te recomiendo que mantengas tu promesa.

–Oh, no, Dios mío –se le quebró la voz–. Así no,
por favor.

–No te pongas tensa. No tardaré. Te lo prometo.

Le bajó la braguita del bikini y se la quitó antes
de bajarse la cremallera de los pantalones.

No la sujetó, en ningún momento utilizó la fuerza, no le hizo falta, porque ella le había dicho que
no se resistiría.

No intentó besarla y le abrió las piernas con
mano firme. Ella intentó no rechazarlo, aunque su
instinto femenino le decía que las cosas no tenían
que hacerse así.

Se dio cuenta de que no le había dicho lo que
había querido decirle, que los nervios habían hecho
que se aturullase y que, a pesar de todo, tenía que
haberle pedido que fuese cariñoso con ella.

Pero no consiguió hablar y, aunque lo hubiese
hecho, habría sido demasiado tarde, porque Renzo
ya estaba penetrándola, al principio muy despacio y
luego empezó a moverse con fuerza.

Marisa se había preparado para sentir dolor, pero
sólo notó una pequeña molestia y luego, casi sin
darse cuenta, sin querer, su cuerpo fue sintiendo placer y le ofreció algo casi parecido a… la esperanza.

Y entonces, se terminó de repente. Oyó a Renzo
gemir y notó cómo temblaba su cuerpo. Siguió encima de ella lo que le pareció una eternidad, respirando entrecortadamente, como si estuviese esfor-
zándose por recuperarse. Luego, se levantó, se puso
los pantalones con manos temblorosas y la miró de
manera inexpresiva.

–Ya está, *signora* –dijo casi con amabilidad–. No tienes nada más que temer. Ya hemos cumplido con nuestra desagradable obligación. Esperemos haber logrado nuestro objetivo y que no tengas que volver a sufrir mis atenciones de nuevo. Y que yo tampoco tenga que volver a sufrir un ataque.

Y se marchó sin volver a mirarla, dejándola allí tumbada, asustada, pero, al mismo tiempo, sintiéndose sola sin él.

Fue entonces, demasiado tarde, cuando Marisa se oyó murmurando su nombre.

Capítulo 6

INCLUSO en ese momento, Marisa podía recordar que había querido quedarse allí.

Le había parecido más sencillo quedarse donde estaba, como un animalito, temblando de resentimiento, vergüenza y, sí, tristeza también, antes que levantarse y adecentar su aspecto mientras intentaba asumir lo que acababa de ocurrir.

Por fin, el miedo a ser descubierta por algún empleado la llevó a ponerse las braguitas del bikini y a taparse con la camisola. Y así volvió a su habitación, donde se dio una ducha muy caliente, como si con ella pudiese borrar lo que le acababa de suceder.

Se preguntó cómo había podido Renzo tratarla así, como si no tuviese sentimientos. Y se dio cuenta de que lo había hecho porque le había insultado al decirle que hacer el amor con él sería sólo una desagradable obligación.

Había notado su enfado en el hecho de que casi ni la había tocado. Le había hecho el amor de manera fría y eficiente. Y, luego, se había marchado y la había dejado sola, como despreciándola.

No obstante, tampoco había sido cruel. Tal vez no se hubiese comportado bien. Al fin y al cabo, era su esposa, y virgen, pero no la había forzado, sólo se había aprovechado de que estaba confusa. Y, sobre todo, no le había hecho daño. Al menos, físicamente.

Por eso le resultaba difícil odiarlo tanto como le hubiese gustado.

En ese momento, con él durmiendo en el salón, se dijo que iba a seguir manteniendo el muro de indiferencia que había construido durante su luna de miel.

Apartó la colcha y se levantó de la cama para acercarse, sin hacer ruido, al pequeño sillón que había al lado de la ventana.

Necesitaba dormirse para estar fresca por la mañana, pero, gracias al hombre que había en su sofá y a los recuerdos que éste le había traído, sabía que no podría dormir.

Recordó cómo se había puesto la mano en el vientre cuando estaba en la ducha, y había pensado que tardaría tres semanas en saber si Renzo había logrado su objetivo, si la había dejado embarazada.

O cómo había intentando inventarse una excusa para no tener que cenar con él tres horas más tarde, sabiendo que tendría que verlo y hacer como si no le importase cómo la había tratado.

Había tenido que cenar con él, en silencio, igual que el resto de las noches de su luna de miel.

Al día siguiente, durante el desayuno, se había enterado de que Renzo no pensaba pasar tiempo con ella durante el día tampoco. Había puesto a su disposición un coche con un conductor, para que pudiese así conocer la bella costa amalfitana.

Aquella había sido la manera en que él había solucionado aquella incómoda situación, quitándosela del medio.

También había pedido que le llevasen una caja llena de libros para que leyese y estuviese entretenida.

Así pues, los siguientes días, Marisa había hecho turismo, lo que había evitado que tuviese que estar con Renzo que, para su sorpresa, seguía tratándola con sorprendente generosidad y, además de darle más dinero del que había tenido en toda su vida, también le había proporcionado varias tarjetas de crédito, aparentemente sin límite.

Marisa se había dado cuenta entonces de que había muy pocas cosas que quisiese comprar.

Lo que sí había comprado en Positano eran tres trajes de baño, uno negro, otro verde oliva, y el tercero en granate, para reemplazar al bikini negro que no quería ponerse nunca más.

En Amalfi, había comprado también papel artesanal, típico de allí, para enviárselo a Julia y Harry. También les había escrito una postal en las que hablaba del tiempo y de las vistas, ya que no podía contarles que se lo estuviese pasado bien.

Paolo, el conductor, era un hombre agradable de mediana edad, que hablaba bien el inglés y que le enseñó con entusiasmo su tierra y compartió con ella su historia. No obstante, Marisa se dio cuenta de que, como al resto de los trabajadores de la casa, le sorprendía que no estuviese más con su marido, y a menudo le preguntaba si éste se encontraba bien.

Un día, sentada en una terraza en la plaza de Amalfi, tomándose un café, había observado a las familias que paseaban por ella, a las parejas, que se miraban a los ojos con complicidad, que se daban la mano, un abrazo, pensando que a ella nadie la había tratado nunca así, ni siquiera Alan.

Y, de repente, había recordado a Renzo en el altar una semana antes, como petrificado, con una expresión casi de asombro en el rostro al verla avanzar hacia él.

Aunque, probablemente, aquello no había significado nada. Marisa estaba sola, no tenía a nadie, salvo que… Se había tocado el vientre.

A la mañana siguiente, le había dicho a Evangelina que no iba a ir de excursión con Paolo, que prefería ir a dar un paseo al pueblo.

El ama de llaves le había sugerido que se quedase en casa, en la piscina, con el señor, ya que el pueblo era pequeño y no había mucho que ver.

Pero ella se había marchado. Efectivamente, el pueblo no era un lugar turístico, pero sí tenía unas vistas magníficas del mar. Estaba parada delante de una casa, en su jardín, cuando vio salir a la dueña.

Marisa retrocedió:

–*Perdono* –se disculpó–. Estaba disfrutando de las vistas, *il bel mare.*

La mujer sonrió y asintió vigorosamente, luego, la tomó del brazo y le hizo subir la calle sin dejar de hablar en italiano. Al llegar a lo más alto, vieron un muro y la mujer señaló hacia la casa que había detrás.

–Casa Adriana –le dijo la mujer–. *Che bella vista. Che tragedia.*

Y le hizo un gesto a Marisa para que entrase.

Ella se acercó. El muro y la casa estaban en muy mal estado. Cruzó la puerta de hierro, que estaba oxidada, y avanzó por el descuidado jardín en busca de la prometida vista. El aire olía a jazmín, y a rosas, ya que las había por todas partes, de color rosa,

blanco y amarillo. Y al final del camino vio un limonero cargado de frutos, que, como un centinela,
guardaba un pequeño muro que daba al mar.

Marisa pensó que el muro era demasiado bajo,
teniendo en cuenta la caída que había detrás, un
acantilado que daba directamente al mar.

Retrocedió y se dio cuenta de que, debajo del ár-
bol, había un viejo banco de madera. Se sentó en él
y, por primera vez, observó con detenimiento el paisaje que tenía delante.

Sin duda alguna, era fantástico, y dio las gracias
en silencio a la mujer que se lo había mostrado.

A la izquierda se veía la ciudad de Amalfi en tonos crema, dorados y terracota. Y debajo de ella se
extendía el mar, de color jade y turquesa.

Además, era un lugar muy tranquilo. Casi no se
oían coches y, por primera vez desde hacía varias
semanas, Marisa sintió que empezaba a relajarse,
que comenzaba a sentirse en paz.

Por fin estaba sola, sin la presión de tener que
cumplir con las expectativas de nadie. Por fin podía
volver a ser Marisa Brendon, y nada más.

Allí podía fingir que estaba de vacaciones, con
toda una vida por delante, y con la libertad de disfrutar sólo de su propia compañía.

Entonces, oyó que alguien tosía detrás de ella,
anunciándole que no estaba sola.

Sorprendida, se puso en pie de un salto y se dio
la vuelta y se encontró con una pequeña mujer, con
gafas y el pelo gris, y un sombrero de lino. Llevaba
los pantalones y la camisa de color caqui mancha-
dos de tierra y de verde, y sujetaba unas tijeras de
podar en una mano, y una cesta en la otra.

–Lo siento –dijo en su incorrecto italiano–. No sabía que viviese nadie aquí. Ya me marcho.

–Otra inglesa –comentó la mujer sonriendo–. Qué alegría. Me temo que las dos somos intrusas, querida. Yo también vine un día a contemplar las vistas, pero al darme cuenta de cómo se estaba echando a perder este lugar, no pude resistirme al reto de cuidar del jardín. Nadie me ha llamado la atención, probablemente, porque piensan que es una locura intentarlo –sonrió amablemente–. Así que, por favor, no te marches. Por un momento, pensé que Adriana había vuelto, hasta que me di cuenta de que eras una mujer del siglo XXI, afortunadamente.

Se quitó un guante y le tendió la mano.

–Me llamo Dorothy Morton.

–Marisa Brendon.

–Marisa –repitió la otra mujer–. Qué nombre tan encantador. Es italiano, ¿verdad?

–Sí, el nombre de mi madrina.

–¿Vive aquí? ¿Suele venir por la zona?

–No, es la primera vez que vengo –«y probablemente la última», pensó–. Estoy con… más gente.

–Mi marido y yo hemos tenido la suerte de poder venir a vivir aquí después de la jubilación. Tenemos un piso cerca de aquí, pero sólo tiene un balcón y echo de menos un jardín. Por eso vengo casi todos los días y hago lo que puedo –suspiró.

–Debe de ser muy duro –Marisa señaló el banco–. ¿Quiere sentarse, si tiene tiempo?

–Sí, mi tiempo es todo mío –comentó sentándose al otro lado del banco–. Tengo un marido muy comprensivo.

–Qué… bien –dijo Marisa, que, de repente, recor-

dó que se había guardado la alianza en el bolsillo–.
¿Cómo es que han dejado que este jardín esté tan
descuidado? ¿No le importa al dueño, a Adriana?

–Yo creo que le importaría mucho si estuviese
viva para verlo, pero murió hace mucho tiempo,
más de cincuenta años, y no se sabe a quién pertenece ahora la propiedad.

–¿No tenía ningún heredero?

–Estuvieron poco tiempo casados –le explicó la
señora Morton–. Cuentan que se lo habían dejado
todo el uno al otro, y cuando él murió, Adriana no
cambió el testamento. Son varios los familiares que
han reclamado esta propiedad, según tengo entendido, pero supongo que la mayoría ya habrán muerto
a estas alturas.

–Ah. Así que ésa es la tragedia. Un lugar tan bonito, echándose a perder –sacudió la cabeza–. ¿Por
qué no cambió el testamento la tal Adriana?

–Muy sencillo. Porque nunca creyó que su marido estuviese realmente muerto.

Marisa frunció el ceño.

–¿No le dieron un certificado de defunción?

–No hubo ninguna prueba de la muerte. Filippo
Barzoni estaba volviendo en barco de Ischia, un
viaje que había hecho en muchas ocasiones, cuando
empezó una tormenta. No lo encontraron a él, ni al
barco. Sólo su esposa pensó que podía seguir vivo.
Estaban muy enamorados y Adriana decía que, si se
hubiese muerto, su corazón lo habría sabido. Y esperaba su vuelta. Por eso puso este banco aquí, para
esperarlo.

–Qué horror –comentó Marisa–. Pobre mujer.

La señora Morton volvió a sonreír.

–Ella no se sentía tan mal. Era muy tranquila, fuerte, y además de estar enamorada, tenía fe y esperanza.

–¿Y qué ocurrió al final?

–Se resfrió y, como no se cuidó, el catarro se convirtió en una neumonía. Murió en el hospital y sus últimas palabras fueron: «Díganle que lo esperé».

Se puso los guantes y se levantó.

–Pero eso pasó hace mucho tiempo, y tú eres demasiado guapa y joven para oír historias tan tristes. Y yo tengo que continuar con mi trabajo –volvió a mirar hacia el mar–. Es un lugar precioso, sobre todo para sentarse y pensar, espero que no te haya deprimido tanto que decidas no volver.

–No. Me encantará volver a sentarme aquí, siempre y cuando no la moleste.

–Todo lo contrario.

–Además, no me parece una historia tan triste.

–A mí tampoco, pero sé que a algunos lugareños no les gusta hablar de ella. Y no suelen enseñarle este lugar a nadie.

–¿Y a mí sí? –dijo Marisa en un murmullo.

–Tal vez te hayan visto con el aspecto de alguien que necesitaba un lugar en el que pensar –comentó la señora Morton mientras se alejaba–. Pero eso, querida, es sólo asunto tuyo.

Cuando volvió a Villa Santa Caterina era ya tarde y le sorprendió que nadie le comentase nada de su ausencia, sobre todo, a la hora de comer.

Tampoco le hicieron preguntas cuando, al día siguiente, anunció que se iba a dar otro paseo, ni los días siguientes, que pasó en el jardín de Adriana, leyendo y pensando acerca de todo lo que le estaba sucediendo.

Y así llegó al final de su luna de miel, y sus dudas se aclararon una mañana, en que se levantó con dolor en el vientre y descubrió que no estaba embarazada.

También se dio cuenta de que tenía que acercarse a Renzo y contárselo y, sobre todo, hacerse a la idea de que tendría que volver a tener sexo con él. Y ambas cosas la asustaban.

Esa mañana, se tomó un par de pastillas y decidió quedarse en la cama. Le dijo a Evangelina que le dolía la cabeza.

—Dígaselo al *signore* –le pidió, con la esperanza de que Renzo comprendiese la verdad y no le hiciese pasar por el mal trago de tener que contárselo.

Evangelina pareció sorprenderse.

—No está aquí, *signora*. Tenía negocios que atender en Nápoles y no volverá hasta la hora de la cena. ¿No se lo ha dicho?

—Supongo que sí –mintió ella–. Supongo… que se me había olvidado.

Por un lado, se sintió aliviada con su ausencia, pero también sabía que el alivio sería sólo temporal, que al final tendría que hablar con él y contarle la verdad.

Esa noche, Marisa llegó a cenar, por primera vez, antes que Renzo. Y cuando éste hizo acto de presencia, parecía preocupado.

Ella no dijo nada, se obligó a comer y no intentó romper el silencio que había entre ambos.

Cuando llegó el café, él se levantó y dijo que tenía que hacer unas llamadas.

–¿Pueden esperar un momento, por favor? –sugirió Marisa–. Me gustaría hablar contigo.

–Qué honor tan inesperado –dijo él en tono frío, pero dispuesto a escucharla.

–Lo siento…pero tengo… malas noticias. No estoy embarazada. Lo lamento.

–¿Lo sientes? –repitió él en tono inexpresivo–. Bueno, es comprensible.

Ella quiso decirle que no era eso lo que quería decir. Que, a pesar de cómo había sido concebido, llevaba las últimas semanas pensando en el bebé, deseando estar embarazada.

–Debes de estar muy decepcionado –dijo en su lugar.

Él sonrió con frialdad.

–Creo que estoy curado de espanto, Marisa. Si te parece, preferiría que hablásemos del tema, y de otros asuntos, por la mañana. Ahora, te ruego que me perdones.

Y se marchó, dejando a Marisa sola con su café. Ésta apartó la taza de manera tan violenta que parte de su contenido fue a parar al mantel. Se levantó y se fue a su habitación.

Se desvistió, se lavó los dientes y se puso el camisón, como una autómata. Se metió en la cama y se tapó como si hiciese frío. Ya no le dolía el vientre, se sentía vacía.

De pronto, se sintió muy sola y empezó a llorar, en silencio al principio, y sollozando sonoramente después. Hasta que se quedó agotada y temblorosa, en la soledad de aquella enorme cama.

Capítulo 7

A LA mañana siguiente se enteró de que su luna de miel había terminado de manera repentina.

Su confrontación con Renzo tuvo lugar en el *salotto*, una habitación que había intentado evitar desde… desde aquel día.

Ella se sentó y él se quedó de pie, examinándola con mirada sombría.

–Me parece, Marisa, que debemos replantearnos de manera muy seria la cuestión de nuestro matrimonio. Por eso sugiero que nos vayamos de Villa Santa Caterina hoy mismo, o mañana, ya que no hay nada que nos retenga aquí. ¿Estás de acuerdo?

Ella asintió.

–También te propongo que pasemos algún tiempo separados, para poder pensar en nuestro futuro como marido y mujer. Es evidente que las cosas no pueden seguir así. Hay que tomar ciertas decisiones. Puedes tomarte todo el tiempo que necesites. No te presionaré –hizo una pausa–. Me quedaré en mi apartamento de Roma, y así tú podrás ocupar la casa de La Toscana.

–¡No! –negó ella con vehemencia–. Quiero decir, gracias, pero no puedo aceptar. Supongo que tu padre espera vernos juntos, así que preferiría volver a Londres.

–¿A Londres? –repitió él con incredulidad–. ¿Quieres volver con tu prima?

–No, quiero tener un lugar para mí sola. Donde no haya nadie más.

–¿Y por qué en Londres?

–¿Por qué no? Si tú tienes un apartamento en Roma, ¿por qué no puedo tener yo otro en Londres?

–Se me ocurren muchos motivos, aunque no creo que tú estés de acuerdo con ninguno.

–En cualquier caso, eso es lo que quiero. Al fin y al cabo, si vamos a vivir separados, da igual dónde viva yo.

–Está bien. Como tú quieras.

Por un momento, Marisa se quedó sorprendida, no había esperado una victoria tan fácil. A no ser que Renzo quisiese deshacerse de ella lo antes posible…

Su sentimiento de triunfo se transformó en tristeza.

–*Grazie* –dijo, obligándose a sonreír.

–*Prego* –contestó él sin devolverle la sonrisa–. Ahora, si me perdonas, tengo cosas que hacer.

Y se marchó.

Después de aquello, todo había sido muy rápido. Renzo sólo había tenido que chasquear los dedos para conseguir un billete de avión a Londres en primera clase, una limusina que la esperase en el aeropuerto y un abogado de los Santangeli que iba a acompañarla hasta un hotel, donde residiría hasta que encontrasen el lugar adecuado para que viviese.

Una vez en el avión, Marisa había pensado que

aquél era el principio del fin de su matrimonio, y que pronto recibiría otras noticias de sus abogados.

Y por fin volvería a ser libre.

Lo único que lamentó fue no haber tenido tiempo para ir a despedirse de Casa Adriana, ni de la señora Morton, aunque tal vez fuese mejor así.

Una vez establecida en Londres, no había esperado volver a tener noticias de Renzo, por eso le había sorprendido tanto que la llamase y la escribiese.

Y todavía había esperado menos que se presentase allí, que volviese a su vida sin avisar. En realidad, pensó enfadada, Renzo nunca había planeado dejarla marchar.

Era evidente que no tenía intención de divorciarse de ella. De hecho, le pertenecía. No podría librarse de él. Y había llegado el momento de saldar su deuda.

Se había casado sabiendo a lo que se exponía, sabiendo que él no la quería y consciente de lo que se esperaba de ella.

Y, en ese aspecto, no había cambiado nada.

Aquélla era la vida que había aceptado, y tenía que vivirla. Y con las condiciones de Renzo.

Pero en esos momentos, necesitaba dormir, para al día siguiente poder lidiar con lo que se le presentase.

Se levantó y volvió a la cama, pensando que tal vez aquella noche fuese una de las últimas que iba a poder pasar sola.

Pero tampoco quería pensar en eso.

Se dio la vuelta, hundió la cara en la almohada y, a pesar de todo, consiguió dormir.

Se despertó como de costumbre, poco antes de que le sonase el despertador, y lo apagó. Luego se dio cuenta de que había algo distinto al resto de las mañanas.

El corazón se le aceleró al darse la vuelta con cuidado para mirar a su lado. No estaba sola. Renzo estaba allí, tumbado de lado, respirando profundamente, dormido.

«Dios mío», pensó. «No puedo creerlo. ¿Cuándo habrá venido? ¿Cómo he podido no darme cuenta? ¿Por qué no me quedé en ese maldito sillón?»

Se movió muy despacio hacia el borde de la cama, para escapar de allí antes de que él se despertase también. Pero ya era demasiado tarde, Renzo se movió, se estiró y se giró hacia ella.

Apoyado en un codo, la estudió de manera burlona.

–*Buon giorno.*

–¿Se puede saber qué estás haciendo aquí?

–Descansar, *mia cara.* ¿Qué iba a hacer si no?

–Pero dijiste… prometiste que ibas a dormir en el sofá. No tienes ningún derecho a… entrar aquí así y… hacer como si estuvieses en tu casa.

–Por desgracia, el sofá era muy incómodo. Además, he entrado con mucho cuidado para no molestarte. Y como buena esposa, no puedes enfadarte porque haya querido descansar. Al fin y al cabo, y a pesar de la tentación, no he intentado hacerte nada.

–No soy una buena esposa –contestó ella sin pensarlo, enfadada por el tono de su voz, por su manera de mirarla.

Él sonrió encantado.

–Tal vez no lo seas ahora, pero tengo la esperanza de que descubras muy pronto lo buen marido que puedo llegar a ser y cambies de actitud.

Marisa se dio cuenta de que su mirada se había posado en sus hombros desnudos y empezaba a bajar hacia la curva de sus pechos.

Se le hizo un nudo en la garganta y se dijo que tenía que sacarlo no sólo de la cama, sino también de la habitación antes de cometer un error.

–Pero dado que estamos juntos –continuó él–. Se me ocurre que tal vez podría enseñarte qué es lo que más desea un hombre cuando se despierta por las mañanas con su mujer al lado.

Alargó la mano y le bajó un tirante del camisón. Sólo la rozó, pero Marisa sintió que le ardía la sangre.

De repente, recordó cómo le había acariciado el pecho durante la noche de bodas.

–No, Renzo, por favor –dijo, con la boca seca.

–Debo hacerlo, *mia bella* –murmuró él–. ¿No te parece que ya he esperado suficiente para instruirte en mis necesidades? ¿En lo que me gusta, y en lo que no?

Ella intentó decir algo. Tenía que apartarse de él antes de que fuese demasiado tarde.

–Lo quiero muy caliente, muy negro y muy fuerte, y sin azúcar. Hasta tú sabrás hacerlo bien.

Marisa se incorporó.

–Café –dijo con voz temblorosa–. ¿Me estás pi-

diendo que te prepare un café? –suspiró–. Ni lo sue-
ñes, *signore*. Ya sabes dónde está la cocina, así que
prepáratelo tú.

Renzo se dejó caer sobre la almohada.

–No esperaba esa respuesta de ti, *carissima* –comentó divertido. Luego, miró el reloj–. Dado que es
tan pronto, creo que renunciaré el café y te conven-
ceré para hacer algo de ejercicio antes, si es que lo
prefieres –hizo una pausa–. ¿O prefieres irte a la cocina?

–Cerdo –espetó Marisa, saliendo de la cama con
más prisa que dignidad, y poniéndose la bata. Al
llegar a la puerta, lo oyó reír.

Una vez en la cocina, cerró la puerta y se apoyó
en ella mientras recuperaba la respiración.

Renzo había estado tomándole el pelo, brome-
ando. Aquella era una parte que no conocía de él,
bueno, la había descubierto durante la cena de su
cumpleaños, cuando le había dado un beso en la
mano.

Marisa pensó en lo que le había dicho acerca de
que no era necesario estar enamorado para disfrutar haciendo el amor, y se dijo que, para ella, desear a alguien no era suficiente, tenía que amar para
entregarse, necesitaba, además, confianza y respeto.

Términos que Renzo no debía de conocer. Además, él no la deseaba en realidad. Sólo era un medio para conseguir su fin. Pero era evidente que lo
que había pasado en su luna de miel seguía doliéndole. Debía de sorprenderle que sus tácticas de se-
ducción no hubiesen funcionado por primera vez y,
encima, con su mujer.

Así que, en esos momentos, además de querer un hijo suyo, debía de querer sumarla también a la lista de sus conquistas.

Pero ella había decidido no interesante en sus habilidades como amante, no dejar engatusarse.

«Le voy a dejar. Y le voy a demostrar que hay una vida después de Lorenzo Santangeli».

Puso agua a calentar y comprobó con satisfacción que sólo tenía café instantáneo.

Miró a su alrededor y se preguntó qué pasaría con aquel lugar cuando tuviese que volver a Italia, tal vez podría pedirle a Renzo que siguiese alquilándolo. Al fin y al cabo, cuando le diese un heredero, querría deshacerse de ella.

Pensó que podría imponerle algunas condiciones si quería que volviese con él. Lo que más le dolió fue darse cuenta de que la relación que tendría con ese hijo, no sería la que había imaginado.

Había visto lo que pasaba con los niños en la familia Santangeli, y sabía que, después de dar a luz, no tendría nada más que hacer allí. No le daría el pecho ni le cambiaría los pañales. Una niñera se ocuparía completamente de él, así que ella podría hacer lo que quisiera con su vida. Y necesitaría algo con lo que llenar su tiempo y calmar el dolor de su corazón.

De repente, supo lo que podía ser, lo que iba a pedir a cambio de volver a ser su mujer.

Era muy sencillo. Sólo le hacía falta el visto bueno de Renzo, lo más difícil.

Le llevó el café a la habitación, pero estaba vacía. Renzo estaba en el cuarto de baño, afeitándose, con una toalla alrededor de las caderas y el pelo todavía húmedo de la ducha.

–No has perdido el tiempo –comentó Marisa dejando la taza al alcance de su mano.

–Ojalá pudiese decir lo mismo de ti, *cara mia* –contestó él en tono seco–. Pensé que habías ido a recoger los granos de café –probó el brebaje–, pero es evidente que no.

–Siento que no esté a la altura de tus expectativas –contestó ella, maldiciéndose un momento después. Si quería pedirle algo, tenía que utilizar un tono más conciliador.

–Al menos está caliente. *Grazie, carissima* –dijo él dejando la cuchilla de afeitar.

Antes de que a Marisa le diese tiempo a averiguar sus intenciones, o a hacer algo, Renzo la agarró y la atrajo hacia él. La besó con cuidado de manera muy sensual.

El olor de su piel, el aroma a jabón, la rodearon, y Marisa se sintió como si lo estuviese respirando a él, como si lo estuviese absorbiendo por todos los poros de su piel.

Y esperó, con el corazón latiéndole a toda velocidad, a que profundizase el beso.

Y, de pronto, se vio libre de nuevo. Dio un paso atrás con piernas temblorosas y sintió que se ruborizaba.

–Bueno –comentó él–. Veo que hemos hecho algún progreso, *mia bella*. No sólo hemos dormido en la misma cama, sino que además te he besado por fin.

Recogió la cuchilla de afeitar y el cepillo de dientes y los guardó en su bolsa de aseo. Luego, fue hacia la puerta y se detuvo allí.

–Ha merecido la pena esperar, Maria Lisa –le dijo, y salió del cuarto de baño, dejándola allí.

Marisa agradeció que el único cerrojo de toda la casa estuviese en la puerta del cuarto de baño. Aunque su instinto le decía que nadie iba a interrumpirla, Renzo no iba a intentar sacar provecho de lo que acababa de ocurrir, prefería dejarla esperando, haciéndose preguntas.

Algo que, sin duda, iba a ocurrir.

Ella siempre había sabido que era peligroso que se le acercase demasiado, y en esos momentos se daba cuenta de por qué.

Aunque, al mismo tiempo, le parecía ridículo sentirse tan afectada por algo que sólo había durado unos segundos. Lo único que la reconfortaba era pensar que no le había devuelto el beso.

«Pero ha sido él quien ha parado», se recordó. «Así que no te cuelgues las medallas tan pronto».

Se duchó y se vistió. Salió del cuarto de baño preparada mentalmente para el siguiente encuentro.

Pero, para su sorpresa, Renzo no estaba allí. El único signo de su presencia era una manta doblada encima del sofá.

Miró a su alrededor con incredulidad, preguntándose si habría decidido marchase a Italia de repente, pero vio su bolsa de viaje en el pasillo.

Lo que sí podía hacer ella era meter un par de cosas en una maleta y desaparecer. Entonces oyó que abrían la puerta de la calle y vio entrar a Renzo con una bolsa de plástico en la mano.

–¿Has ido a comprar? –le preguntó.

–Sí. Tenías la nevera bastante vacía, *mia bella*.

–Pero si no hay nada abierto, es demasiado temprano.

–Las tiendas siempre se alegran de tener clientes, y ésta no ha sido una excepción. Vi una luz dentro y llamé. Y me han atendido de muy buen gusto.

–Por supuesto, ¿quién iba a rechazar al gran Lorenzo Santangeli?

–Ésa, *carissima*, es una pregunta a la que tú puedes responder mejor que nadie –hizo una pausa–. Ahora, ¿desayunamos?

Ella quiso decirle que no, pero el olor a pan caliente llegó a su nariz y se dio cuenta de que estaba muerta de hambre.

Renzo había comprado jamón, queso, salchichas, bollitos recién hechos y un paquete de café.

Desayunaron en la cocina y, a pesar de todo, a Marisa le pareció que había sido una de las ocasiones en que más relajada había estado con él.

Renzo se sirvió más café y miró el reloj.

–Es casi hora de irse. Tenemos que hacer varias cosas antes de ir al aeropuerto, y todavía tienes que hacer las maletas.

–No tardaré –dijo ella–. No tengo demasiada ropa.

–¿No? Recuerdo perfectamente todas las maletas que te trajiste de Italia.

Ella se mordió el labio.

–Ya no tengo nada de eso –dijo con naturalidad.

–Será mejor que te expliques.

–Lo he regalado todo –tuvo que admitir–. A varias organizaciones benéficas. Las maletas también.

–¿Por qué has hecho eso? –le preguntó él tan extrañado como si acabase de ver un marciano.

–Porque no necesitaba ese tipo de ropa –contestó ella, desafiante–. Sólo tengo una bolsa.

–Muy bien. En ese caso, empecemos por ir al lugar en el que has estado trabajando, para que puedas despedirte.

Marisa se dijo que aquél no era el mejor momento, después de lo de la ropa, pero tal vez no fuese a tener otra oportunidad.

Se aclaró la garganta.

–Tal vez tarde un poco. Pero hay algo… de lo que me gustaría hablar contigo antes.

–¿Acerca de la galería? –le preguntó Renzo dejando el cuchillo en el plato–. ¿O de su dueño?

–De ambos.

–Te escucho. ¿Estás segura de que quieres contármelo?

–Sí, por supuesto. Porque es importante –tomó aire–. Quiero, es decir, que me gustaría que me comprases… la mitad de la galería Estrello.

–¿Cómo te atreves a pedirme eso? –inquirió él después de unos segundos de silencio–. ¿Crees que voy a acceder a darle dinero a tu amante?

–¿Mi amante? –repitió asombrada–. ¿Piensas que Corin y yo…? Dios mío, eso es absurdo –dijo enfadada–. No es más que un buen hombre que lo está pasando mal.

Hizo una pausa.

–No tengo ningún amante –añadió–. Ni lo he tenido nunca. Tú deberías saberlo mejor que nadie.

Renzo se ruborizó.

–En ese caso, ¿cuál es tu interés en ese lugar?

–La mujer de Corin se está divorciando de él y quiere formar parte de la galería. No le interesa el arte, sólo el lugar. Hasta está planeando trabajar allí después del divorcio, para presionarle y conseguir que venda la galería.

–¿Y él lo haría? ¿Por qué no intenta luchar por la galería?

–Porque sigue enamorado de ella.

–Lo que no entiendo es por qué quieres meterte tú en eso.

–En primer lugar, porque sería una buena inversión. Y, en segundo lugar, porque eso me daría algo en lo que interesarme, un trabajo en el futuro, cuando lo necesite.

–¿No se te ocurre pensar que algunas mujeres son felices dedicándose a su matrimonio, a su familia?

–No cuando saben que su posición es temporal. ¿Quieres que continúe?

–Sí, por favor, te aseguro que estoy fascinado.

–En tercer lugar, Corin necesita el dinero. Él estaría muy agradecido por la ayuda –apartó la mirada, se mordió el labio–. Y yo también.

–¿Y cómo me compensarías?, si es que puedo preguntarlo.

–Volvería a Italia contigo, como tu esposa. Y te daría… lo que quisieras.

–Pero a regañadientes –dijo él–. Deberían proclamar un nuevo día de fiesta. El de santa Marisa mártir.

–Eso es injusto.

–¿Lo es? Ya veremos. En cualquier caso, es el precio que quieres pagar, ¿no?

–Sí.

–*Incredibile* –comentó él en tono burlón–. Acepto, como es natural.

–Gracias.

Renzo se puso en pie y ella, también. Cuando fue a pasar por su lado, la agarró del brazo para que lo mirase.

–Has puesto un precio muy alto a tus favores, *mia bella*. No puedes olvidarte de nuestro trato. *Capisci?*

Ella asintió en silencio, y Renzo la dejó marchar.

Cuando llegó a su habitación, Marisa se dio cuenta de que estaba temblando.

«¿Qué he hecho, Dios mío? ¿Qué he hecho?», se preguntó.

Capítulo 8

MI querida niña –le dijo Guillermo Santangeli besando a Marisa en ambas mejillas y mirándola encantado–. Estás preciosa, aunque un poco delgada. Espero que no estés haciendo algún estúpido régimen.

–No, estoy bien –contestó ella, sintiéndose casi como si los últimos meses no hubiesen pasado, como si volviese a casa después de la luna de miel–, pero Renzo me contó lo que te ha pasado y estaba preocupada.

–Un pequeño accidente, nada más, pero me ha hecho darme cuenta de la edad que tengo, y eso no es bueno –le pasó el brazo por encima de los hombros y la condujo al *salotto*. Renzo los siguió–. Ahora que estás aquí, terminaré de recuperarme, *figlia mia*. Supongo que te acuerdas de la *signora* Alesconi –añadió.

Una mujer alta y guapa se levantó de un sillón.

–No lo creo, Guillermo –dijo la mujer dando la mano a Marisa y sonriéndole de manera cariñosa–. Estuve en su boda, *signora* Santangeli, pero éramos tantas personas, que no espero que se acuerde de mí. Me alegro de verle de nuevo, Signor Lorenzo –añadió.

Él la saludó con un gesto de cabeza.

–Vamos a celebrar una fiesta familiar –dijo Guillermo–. La abuela Teresa ha llegado esta tarde. Está descansando en su habitación, pero bajará para la cena.

–Ésa sí que es una alegría con la que no contaba –comentó Renzo de manera inexpresiva.

–Ni yo –dijo Guillermo, y padre e hijo intercambiaron una mirada de complicidad.

A Marisa le dio un vuelco el corazón. De todas las personas de la familia Santangeli, la abuela de Renzo había sido siempre la menos amable con ella. Siempre había dicho que su matrimonio con Renzo era absurdo.

Y en eso estaban de acuerdo, aunque no le parecía agradable oírla diciéndolo.

Al parecer, la *signora* se había presentado allí sin ser invitada, para la que prometía ser la noche más difícil de toda su vida. Y que seguía también a uno de los días más difíciles.

Después de la confusión emocional que estaba sufriendo, los acontecimientos que habían tenido lugar esa mañana en la galería le parecían casi divertidos.

Corin se había quedado de piedra cuando le había dicho que se marchaba, y por qué. Y todavía más cuando le había presentado a Renzo como su marido, y le había dicho que tal vez tuviesen una solución para el problema de la galería.

Luego, había dejado a los dos hombres hablando de negocios en el despacho de Corin mientras ella recogía un par de objetos personales de su escritorio.

Un rato después cuando Corin había salido y le

había anunciado que habían hecho un trato y que los abogados de ambas partes se ocuparían de todo, no había sabido cómo sentirse, ya que no se trataba sólo de un negocio, sino también del precio que ella tendría que pagar por él, con su propio cuerpo, y tal vez esa misma noche.

–Bueno… socia –le había dicho Corin sonriendo–. Me gustaría hacerte un regalo en semejante ocasión, una mezcla de regalo de bodas y de despedida, ¿de acuerdo?

Y antes de que pudiese detenerlo, había ido a por el cuadro de Amalfi.

–Te he visto mirándolo muchas veces –le dijo con alegría–. Y supongo que era porque te traía buenos recuerdos.

–Qué gesto tan generoso –había comentado Renzo al mismo tiempo que Marisa abría la boca para protestar–. Lo guardaremos como un tesoro.

–¿Guardarlo como un tesoro? –había repetido Marisa un rato después, cuando ya estaban en la limusina que los llevaba hasta donde Renzo tenía una reunión–. Me dan ganas de romperlo de un puñetazo. ¿Cómo has podido decir algo así? ¿Cómo puedes mentir así?

–¿Querías que le contase la triste realidad? Además, es un paisaje muy bonito, y está muy bien pintado, pero, si lo prefieres, lo colgaré donde no puedas verlo. Tal vez en mi habitación –había añadido en tono socarrón.

Después de un breve silencio, Renzo le había dicho:

–Bueno, ya tienes lo que querías, la mitad de la galería.

–Y tú me tienes a mí.

–¿Sí? Yo creo que todavía tienes que demostrár-melo, *mia bella*. Por cierto, si además de la ropa quieres algo más del piso, haz una lista. Nos lo mandarán todo antes de volver a alquilarlo.

–Ah –Marisa se había mordido el labio–. Espe-raba que… nos lo quedáramos. Podríamos utilizarlo para nuestras visitas a Londres, ¿no crees?

–Estoy seguro de que dentro de poco tiempo preferirás lugares más amplios.

Y así había zanjado el tema. La siguiente conce-sión, tendría que hacerla ella.

Un rato más tarde, Renzo había observado cómo hacía la maleta en silencio.

Posiblemente, porque no sabía qué decir, o por-que estaba calculando cuánto iba a costarle volver a llenarle el armario.

Aunque inmediatamente se había dicho que aquel último pensamiento era muy injusto. Nunca le había faltado nada material desde que estaba con él.

De camino al aeropuerto, había sido Renzo quien había roto el silencio que reinaba entre am-bos.

–Tenemos billetes para Pisa, pero me pregunto si no sería mejor que fuésemos a Roma. No sería difí-cil conseguir otro vuelo. Podríamos pasar un par de días en mi apartamento y, después, ir a La Toscana el fin de semana.

«Un par de días, y un par de noches, a solas con él», había pensado Marisa.

–Tu padre está esperándonos. Se sentirá decep-cionado si tardamos en ir a verle.

–Qué considerada eres, *mia bella*. Tuttavia,

pienso que, dadas las circunstancias, seguro que lo entiende. *In effetti*, tal vez hasta le parezca bien –había añadido en tono divertido.

–Pero ha estado enfermo, y yo sigo preocupada. Quiero ir a verlo.

–En ese caso, haremos lo que tú desees.

Y ella había pensado que ya no sabía ni lo que quería, estaba asustada.

Porque, a pesar del beso que le había dado, no había cambiado nada. Renzo no había intentado volver a acercase a ella, aunque eso cambiaría, probablemente, esa misma noche. No podía escaparse de la dura realidad. Si la había besado, había sido para advertirle lo que podía esperar.

Volvía a estar temblando por dentro, triste, y a pesar de que habían realizado el viaje sin problemas y de la atención de las azafatas, había empezado a dolerle la cabeza.

Aunque, dada la situación, no habría sido correcto mencionarlo, y no quería que Renzo se burlase de ella. Ni que volviese a enfadarse.

«No, por favor, que no se enfade», había pensado.

En el aeropuerto los esperaba la limusina de su suegro y su chófer, que entregó a Renzo un maletín en cuanto estuvo sentado.

–Perdóname, *mia cara* –le dijo, como si llevasen toda la tarde intercambiándose comentarios cariñosos–, pero hay algunos mensajes urgentes que debo leer.

Acurrucada en su rincón, Marisa observó uno de los paisajes más bellos de Europa sin verlo. Con un poco de suerte, uno de aquellos mensajes tal vez lo llevara a la otra punta del mundo.

Pero Renzo leyó algunos papeles, tomó notas y lo guardó todo en el maletín cuando llegaron a Villa Proserpina.

Habían llegado al que sería su hogar y, por si las cosas no eran lo suficientemente complicadas, Teresa Barzati estaba esperándolos.

Pero Marisa se recordó que podían estar en otro sitio peor. Renzo le había ofrecido una alternativa y, teniendo en cuenta aquello, tal vez hubiese sido mejor ir a Roma ya que, al fin y al cabo, iba a terminar en sus brazos, estuviesen donde estuviesen. Pero ya era demasiado tarde.

Apartó un mechón de pelo de su rostro. Le dolía mucho la cabeza, así que se sintió agradecida cuando Renzo le quitó la copa que tenía en la mano y le dijo:

—Has tenido un día muy largo, Marisa. Tal vez te gustaría ir a descansar un rato, como ha hecho la abuela Teresa.

Y unos minutos más tarde estaba tumbada bajo el dosel de seda de la enorme cama que dominaba su dormitorio, en ropa interior y tapada con un edredón.

Además, le habían puesto en la frente un paño mojado con alguna esencia de hierbas y le habían dado unas pastillas y un vaso de agua para que se las tragase.

A pesar de que le parecía que relajarse en esas circunstancias era imposible, se fue quedando dormida.

Renzo nunca había estado tan nervioso. Ni siquiera el día de su boda.

Se secó la cara y se puso loción para después del

afeitado. Se sentía como un adolescente con su primer amor. Salvo que ya no era un chaval, sino un hombre, que quería que todo fuese perfecto aquella noche, la que sería su verdadera noche de bodas, con la chica a la quería hacer suya.

No obstante, le preocupaba que fuese demasiado tarde para borrar los errores del pasado. Para ser perdonado. En especial, por la primera vez, que seguía avergonzándolo.

Sabía que debía haberse tragado el orgullo y haber ido a arreglar las cosas entre ambos esa misma noche. Que debía haberle dicho que, desde que ella había accedido a casarse con él, no había más mujeres en su vida, que Lucia Gallo era historia, y que lo que deseaba en realidad era darle placer a ella hasta que se quedase dormida y saciada entre sus brazos.

Le habría bastado una pequeña señal por su parte, algún signo de que ella también tenía de qué arrepentirse, pero se había mostrado fría y educada, y eso había hecho que se comportara cruelmente.

Aquello le había llevado a preguntarse si no querría volver a saber nada de él, si no había sentido nada con la fusión de sus cuerpos. Si de verdad esperaba quedarse embarazada para librarse de él.

Luego, se había obligado a reconocer que tampoco quería pasar los días en su compañía, que prefería la soledad antes que estar con él. Y eso era, quizás, lo que más le había dolido.

Por eso, cuando le había dicho que no estaba embarazada, él había sentido que le habían dado una segunda oportunidad para volver a intentarlo.

Esa misma noche, se había afeitado con cuidado y había decidido ir a decirle que él quería que ese hijo naciese de su mutua felicidad y placer. Y tal vez algo más. Pero al llegar a su puerta la había oído llorar y se había sentido vacío.

Había pensado que Marisa no podía estar llorando por un hijo que ni siquiera había existido, que tenía que estar sufriendo sólo por la idea de tener que someterse a él de nuevo, porque estaba dolida, y porque él le daba asco.

En esos momentos, se preguntó si Marisa estaría dispuesta a cumplir con la promesa que le había hecho por la mañana. ¿Qué haría si volvía a encontrársela llorando?

Tendría que empezar a cortejarla como debía haber hecho desde el principio. Porque su instinto le decía que el lugar de Maria Lisa, la niña que lo había mirado como si fuese el sol que calentaba todo su universo, estaba allí, a su lado. Tenía que llegar a ella.

Aunque lo único que sabía era que ella no se lo iba a poner fácil. Ni siquiera había confiado en él lo suficiente para decirle que le dolía la cabeza en el viaje, pero él había visto la tensión en sus ojos, se había fijado en cómo se llevaba la mano a la frente, y por eso había hecho lo más adecuado una vez en casa.

Pero aquella era la parte fácil, a partir de entonces, tendría que ganársela.

Y, por primera vez en su vida, no tenía ni idea de cómo empezar.

Marisa se despertó despacio y se quedó tumbada un momento, desorientada. Entonces, recordó dónde estaba y, lo que era más importante, por qué.

Se sentó y se sintió como el día antes de su boda, un año antes. Se preguntó cuánto tiempo habría dormido y acababa de tomar su reloj para mirarlo cuando vio que se abría la puerta que comunicaba su dormitorio con el de Renzo y que aparecía éste.

Llevaba unos pantalones negros que le sentaban estupendamente y una camisa blanca abierta, que dejaba al descubierto demasiada piel.

Muy a su pesar, Marisa sintió que se le secaba la boca y se le aceleraba el corazón.

—Buenas… buenas noches. ¿Querías algo? –le dijo.

—En cualquier caso, no lo que tú piensas –replicó él–. A no ser que insistas.

—¡No! –exclamó ella.

—Te creo. Sólo he venido a hablar contigo –se acercó a la cama–. ¿Estás mejor?

—Sí… gracias –ya no le dolía la cabeza.

—Me alegro mucho de oírlo. Espero que tengas pensado cenar con nosotros. Mi padre quería hacer una cena de gala, en tu honor, pero le he convencido de que sea algo menos formal. Espero que te parezca bien.

—Sí. Por supuesto.

—La cena será más temprano de lo habitual, ya que papá no debe acostarse tarde. ¿Podrías estar lista dentro de una hora?

—Podría estar lista en cinco minutos. Al fin y al cabo, no voy a tener que pensarme mucho lo que voy a ponerme.

—Uno de los motivos, aunque no el único, por los que quería parar en Roma, era para que fueses de compras.

—Gracias.

–Siento lo del comité de bienvenida, nos lo podían haber ahorrado.

Levantó la vista. Durante los días anteriores a la boda, y a pesar de su propio estado de confusión, se había dado cuenta de que había bastantes tensiones en la familia.

Se mordió el labio.

–¿Te preocupa la *signora* Alesconi? –inquirió en voz baja.

–¿Ottavia? –preguntó él sorprendido–. No, no tengo derecho a oponerme a que mi padre vuelva a ser feliz –hizo una pausa–. No me refería a ella.

–Ah… te referías a tu abuela –dudó antes de proseguir–. Teniendo en cuenta lo poco que le gusto, me sorprende que haya venido.

–Seguro que tiene un motivo. Siento que haya venido, pero no debes permitir que te incomode.

«Tu abuela es la menor de mis preocupaciones», se dijo Marisa.

–Piensa que no merezco ser tu esposa, y creo que tiene razón –comentó en su lugar.

–Opinión que yo no comparto. Por eso he venido a verte. No hemos empezado con buen pie nuestro matrimonio, Maria Lisa, pero eso podría cambiar… con un poco de buena voluntad.

–¿Cómo? Seguimos siendo los mismos. A ambos nos han obligado nuestras familias a estar en esta situación.

–A mí no me ha obligado nadie –la contradijo Renzo–. Es cierto que nuestras madres, que nos querían, pensaban que podríamos ser felices juntos, pero eso no habría tenido importancia si yo hubiese decidido elegir a otra mujer.

Hizo una pausa.

–*Tuttavia*, soy consciente de que para ti no ha sido fácil. Que te has visto… presionada. Pero si te parecía tan horrible casarte conmigo, debías habérmelo dicho.

–Me habría gustado hacerlo –dijo ella indignada–, pero ya me habían comprado y el bienestar del marido de mi prima dependía de mi decisión.

Tomó aire antes de continuar.

–Ése fue el factor decisivo. Tuve que acceder a pertenecer al gran Lorenzo Santangeli. Un hombre que nunca me había mirado hasta que no le recordaron sus obligaciones y, de repente, necesitó casarse con una virgen –añadió, furiosa–. No hay muchas vírgenes entre tus amigas, supongo, por eso tuvieron que arruinarme a mí la vida –sacudió la cabeza–. Qué pena que no sea la fulana que un día me llamaste. Al menos así, me habría ahorrado todo esto.

Hubo un silencio, luego, Renzo habló muy despacio:

–Qué discurso, *mia bella*. Es extraño que sólo consigas hablar con el corazón para decir cosas que sabes que no deseo oír. Aunque al menos ahora entiendo que tu resentimiento conmigo se remonta a mucho antes de este último año.

Fue a sentarse a su lado en la cama.

–Sólo tenías quince años, creo, cuando decidiste ponerme a prueba aquel día en la piscina. Y tuve la suficiente decencia como para no aprovecharme de la inocencia de una niña. Si fui duro contigo, fue porque no quería que volvieses a hacer semejante ofrecimiento a ningún otro hombre. No creas que no me sentí tentado, Maria Lisa.

Marisa intentó apartarse de él, pero Renzo la sujetó.

–¿Qué habrías hecho si te hubieses encontrado desnuda, conmigo en el agua? ¿Si te hubiese tomado entre mis brazos…?

–Como no se dio el caso –replicó ella–, no merece la pena que hablemos del tema. Ahora, deja que me levante, por favor.

–Un momento –dijo él, sonriéndole–. Porque veo que mi rechazo de aquel día es algo que sigue doliéndote y, por lo tanto, ya es hora de que lo arregle.

Marisa se dio cuenta de lo que iba a hacer y reaccionó, golpeando su pecho desnudo con las manos.

–Renzo… por favor…no.

–¿Por qué no? Ya no eres una niña, eres mi querida esposa –hizo una pausa–. *Inoltre*, esta misma mañana me has prometido que estarías a mi disposición.

–Bueno… sí. Pero no así –dijo, desesperada al darse cuenta de que Renzo había cambiado de posición y estaba tumbado a su lado–. Tenemos que cenar con tu padre… Tengo que prepararme.

–No lo he olvidado, *carissima*, pero has dicho que sólo tardarías cinco minutos en vestirte.

Le apartó un mechón de pelo de la cara y le pasó un dedo por la mejilla y los labios.

–Por fin estamos juntos –añadió con suavidad–. Y tenemos todo el tiempo que necesitamos.

Capítulo 9

MARISA miró su rostro oscuro, que se cernía sobre ella, y no fue capaz de pensar con coherencia. Casi tampoco podía respirar. Era consciente del calor que desprendía el cuerpo de Renzo, y del olor de su piel.

El hipnótico palpitar de su corazón le golpeaba las manos, que seguían apoyadas en su fuerte pecho.

Entonces, Renzo bajó la cabeza y, por un segundo, Marisa sintió el calor de su boca en la suya, pero no sintió lo mismo que en el breve contacto de esa mañana.

Renzo la fue explorando con los labios, y tentándola. Y ella supo que no podía resistirse.

Entonces, entendió por qué había querido siempre mantenerse alejada de él. Por qué había reaccionado tan mal cuando la había tocado durante su noche de bodas, y por qué se había ido a Inglaterra huyendo de él.

Había querido apartarlo por completo de su memoria, de su vida. Y de su corazón.

Renzo levantó la cabeza y la miró fijamente antes de recorrerle la frente, los ojos cerrados y las mejillas con besos.

Luego, volvió con urgencia a su boca, que se abrió en contra de su voluntad y permitió que su lengua la invadiese.

Marisa se dio cuenta de que ya no estaba intentando apartarlo de su lado, sino que estaba respondiendo. Y que él, como resultado, parecía cada vez más hambriento de ella.

Cuando apartó los labios de los suyos, ambos estaban sin aliento. Renzo la miró a los ojos y pasó un dedo por su labio inferior.

–Estás temblando, *mia bella* –le dijo en tono dulce–. ¿Tanto miedo sigo inspirándote?

Ella negó con la cabeza, incapaz de hablar. En ese momento, sólo le inspiraba deseo.

–Sólo había venido a hablar contigo… –continuó Renzo.

Y volvió a acercarse para besarle el cuello, la oreja, mordisquearle el lóbulo, haciéndola gemir. Luego fue bajando por la línea de su cuello y Marisa no se dio cuenta ni de cuándo le bajó los tirantes del sujetador, pero sus hombros estaban desnudos cuando él los recorrió con los labios, tocando su piel como si se tratase de la seda más delicada.

Al mismo tiempo, le acarició los pechos con cuidado, y ella sintió que se le endurecían los pezones bajo sus manos.

Renzo le desabrochó el sujetador para poder acariciar su piel directamente al tiempo que volvía a besarla en los labios.

Marisa, además de devolverle los besos, se dio cuenta de que también estaba acariciándolo. Le quitó la camisa y recorrió su cuerpo con las manos, le hizo suspirar.

Renzo apartó la colcha y exploró sus curvas antes de llevar los labios a sus pechos, acariciándola con la lengua.

Y ella tembló de placer. Deseó más.

Renzo bajó una mano hasta su vientre, hasta la barrera de sus braguitas.

Marisa se puso tensa y se dio cuenta de que Renzo se estaba levantando e iba hacia la puerta con el ceño fruncido.

De pronto, una voz de mujer la hizo volver a la realidad.

–¿Quién es? –preguntó.

–Un momento, por favor –dijo Renzo en italiano antes de volverse a Marisa–. Es Rosalia, la doncella que te ha atendido antes. Viene a prepararte el baño y a ayudarte a vestirte. Por orden de mi padre. ¿La dejo entrar, *carissima*? ¿O prefieres que sea yo quien te ayude a bañarte y a vestirte… dentro de un rato?

Pero la magia del momento se había roto y Marisa se sentía, de pronto, avergonzada. Sobre todo, porque había estado a punto de entregarse por completo, y no sólo en cuerpo, sino también en alma.

–Si le dices que se marche, sabrá que estamos juntos. Y por qué…

–Estamos casados, no creo que le pille por sorpresa.

–Sí. Pero… tal vez lo comente con otras personas.

–Es posible. Me parece, *mia bella*, que vas a tener que acostumbrarse a que los empleados sientan curiosidad por ti. Han esperado mucho para verte aquí.

–Lo comprendo, pero es demasiado pronto. Todavía no me he hecho a la idea de que todo el mundo va a estar pendiente de lo que haga o deshaga.

–En ese caso, la respuesta a mi pregunta es no.

Le abrochó el sujetador, le apartó el pelo del cuello y le dio un beso. No fue más que una caricia, pero la hizo estremecerse de nuevo.

–Te dejaré con tu doncella –añadió después–, pero todavía tenemos que hablar. Tengo cosas que decirte, cosas que quiero que sepas, antes de empezar con nuestro matrimonio de verdad.

Tomó su camisa y se fue hacia su habitación. Marisa intentó estirar la colcha y ahuecar las almohadas para que no se notase lo que habían estado haciendo.

Renzo se detuvo en la puerta y la miró de manera burlona.

–Avanti, Rosalia –dijo, y desapareció, cerrando la puerta tras de él.

Lo último que necesitaba Marisa, era una doncella, pero Rosalia parecía callada, con ganas de complacerla y sólo pareció preocuparle su falta de vestuario.

Marisa decidió ponerse la misma falda que había llevando la noche anterior, junto con una blusa de estilo victoriano bordada. No era lo ideal, pero lo mejor que podía llevar dadas las circunstancias.

Las circunstancias…

Tenía que admitir que era muy agradable que le preparasen el baño, pero el tamaño de la bañera, los dos lavabos y la enorme ducha con mamparas de cristal, parecían querer recordarle que era un cuarto de baño diseñado para dos personas.

Y que compartir ese espacio con Renzo era otra de las intimidades del matrimonio a las que tendría que acostumbrarse. Y pronto.

Además, había demasiados espejos para su gusto, y demasiadas Marisas desnudas reflejadas en ellos.

Miró su reflejo más cercano y observó la curva de su pecho, recordando cómo la había acariciado Renzo, cómo se había llevado el pezón a su boca.

Y también volvió a recordar cómo la había penetrado unos meses antes, el momento en que se había dado cuenta de que no quería que dejase de poseerla, a pesar de la frialdad del acto.

En cualquier caso, ya no podía seguir fingiendo indiferencia por él.

Para bien o para mal, estaba allí para vivir como su esposa. Y, a pesar de que en realidad nada había cambiado, Renzo le había demostrado que era capaz de excitarla hasta hacerle perder la cabeza.

Renzo le había dicho que iban a empezar con su matrimonio de verdad, pero, sin amor, aquello no significaba nada. Y el vivir junto a él todos los días iba a ser un peligro para su corazón, como lo había sido siempre.

Sabía desde hacía mucho tiempo lo que era estar enamorada de Renzo Santangeli, y no se le había olvidado. El sonido de su voz a lo lejos había bastado para que se le acelerase el corazón, pero aparte del episodio de la piscina, siempre había conseguido disimular lo que sentía por él. Y hasta fingir que no existía.

Pero a partir de entonces iba a tener que compartir aquellas espaciosas habitaciones con él cuando, además de sexo, lo único que Renzo le había ofrecido había sido una amistad.

Así que debía tener cuidado para que no se enterase de que quería mucho más, porque otro rechazo por su parte sería insoportable.

Y aquellas eran las verdaderas circunstancias a las que tendría que atenerse.

Suspirando, entró en su habitación.

Había pensado dejarse el pelo suelto, como siempre, pero Rosalia insistió en hacerle un recogido desenfadado, con algunos mechones sueltos alrededor de la cara.

Aquel peinado le daba un toque de elegancia. Se pintó los labios de rosa pálido y se preguntó si a Renzo le gustaría su nuevo estilo. Pero cuando la vio, no hizo ningún comentario, parecía perdido en sus pensamientos. Y, al parecer, no eran pensamientos precisamente alegres, a juzgar por su sombría expresión.

¿Estaría enfadado porque Rosalia los hubiese interrumpido un rato antes? ¿O también temía aquella cena?

Marisa entró en el *salotto* y se encontró con la fría mirada de Teresa Barzati, que la estudiaba con desaprobación, sentada a un lado de la chimenea.

–Así que has decidido volver, Marisa –fue el saludo de la abuela de Renzo–. Supongo que debemos alegrarnos de que por fin te hayas acordado de tus obligaciones. Y espero que no se te vuelvan a olvidar.

Hubo un silencio. Marisa se ruborizó, indignada

y avergonzada al mismo tiempo, y notó que Renzo le agarraba la mano.

–A mi abuela se le ha olvidado decirte, Maria Lisa, lo contenta que está de verte de nuevo, ¿verdad, *nonna*?

Entonces se acercó Guillermo, le ofreció a Marisa un aperitivo y le dijo que estaba muy guapa.

Ella se sintió agradecida, pero no del todo tranquila, y se sentó en un sofá al lado de Ottavia Alesconi, que guardaba silencio.

No había esperado un ataque frontal, aunque era evidente que Renzo sí había imaginado que su abuela sería incapaz de contener algún comentario amargo, y se había preparado para defenderla.

Un rato después, el mayordomo, anunció que la cena estaba servida y, a pesar de que todo estaba delicioso, el ambiente no fue en absoluto festivo. Todo el mundo parecía tenso y la única que hablaba era la *signora* Barzati, que no paraba de hacer monólogos acerca de la situación política, los fallos del sistema de impuestos, y de la innecesaria llegada de extranjeros al país.

Marisa se sintió aludida por eso último. Miró a Renzo, que estaba enfrente, y se dio cuenta de que la estaba observando, sin sonreír, pero con deseo. Y con algo más. Algo difícil de definir. Y se ruborizó.

Parecía nervioso, aunque eso era absurdo, ya que unas horas antes ella se había rendido entre sus brazos.

Cuando terminó la cena, iban a volver al *salotto* a tomar el café, pero Guillermo, que parecía cansado, se disculpó y anunció su intención de retirarse.

–Perdóname, hija –dijo dándole un beso a Marisa en la frente–. Mañana hablaremos –se volvió hacia Renzo–. ¿Puedo hablar contigo un momento? Te prometo que no te privaré durante demasiado tiempo de la compañía de tu esposa.

–Querido Guillermo –dijo la *signora* Barzati en tono ácido–. Supongo que bromeas, después de todo lo acontecido el año pasado, no creo que sea un problema.

–*Basta!* –exclamó él–. Creía que habíamos quedado en olvidar el pasado y mirar sólo hacia el futuro. Te pido, querida suegra, que lo recuerdes.

Ella se encogió de hombros y se dirigió hacia el *salotto* delante de Marisa y de la *signora* Alesconi, y volvió a ocupar el mismo asiento en el que había estado antes de la cena.

Se hizo el silencio y la situación se volvió todavía más violenta cuando llegó Emilio con el café y dejó la bandeja al lado de Marisa, lo que provocó otra mirada de reprobación de la abuela de Renzo.

Ante su asombro, Marisa consiguió servir las tres tazas sin derramar ni una gota y, después, Ottavia Alesconi les habló acerca de un libro que acababa de leer, de la próxima temporada de ópera en Verona, y de un nuevo diseñador que había irrumpido en el mundo de la moda en Milán.

–Tal vez podamos contratar sus servicios para Marisa –comentó *nonna* Teresa en tono frío–. Es evidente que necesita que la aconsejen y que le digan que las mujeres Santangeli no se visten como colegialas sin dinero.

–A mí me parece que la *signora* Santangeli tiene un aspecto encantador –dijo Ottavia Alesconi.

–¿Encantador? –rió la otra mujer–. Va a necesitar

mucho más que encanto si quiere retener a Lorenzo lo suficiente como para que la deje embarazada.

–*Signora* Barzati –protestó Ottavia–. Ése es un tema que no nos atañe.

Marisa se ruborizó.

–¿Porque es un tema que debe tratarse sólo en familia? –inquirió la *signora*–. En ese caso, no podemos tener secretos con usted, dado que parece ser que mi yerno la ha hecho ocupar el lugar de mi hija. Y, a pesar de que no apruebo la situación, al menos es usted viuda y no habrá escándalos con su marido, algo que sí puede ocurrir con la actual amante de Lorenzo.

Aquello sí que era difícil de digerir. Marisa dejó su café en la mesa y oyó cómo la abuela de Renzo seguía hablando con voz clara y firme.

–Sin duda, la belleza y el resto de los atributos de Doria Venucci han hecho que mi nieto piense que merece la pena arriesgarse –comentó sonriendo–. Si ha ido a por ti a Inglaterra, *cara* Marisa, ha sido porque necesita un heredero cuanto antes.

–Sí –contestó ella–. Lo sé.

–Lo que me pregunto es si una muchacha tan problemática como tú será capaz de evitarnos un escándalo a todos. Yo creo que no.

Ottavia protestó de nuevo, poniéndose en pie.

–Sólo quiero que la chica no se haga ilusiones con Lorenzo, que no tardará en aburrirse de ella y buscar otro entretenimiento –le explicó la *signora* Barzati.

Marisa sintió que se moría por dentro, pero sacó fuerzas de flaqueza y se levantó para enfrentarse a su adversaria.

–Habla usted como si Renzo y yo... nos quisiéramos. Como ya ha dicho, éste ha sido un matrimonio concertado. Sé que se ha casado conmigo para que le dé un hijo, y a ambos nos conviene el acuerdo. Por eso, no me hago ilusiones, *signora*. No espero su fidelidad. Y me da igual si tiene amantes. ¿Por qué iba a importarme si no lo amo? En cuanto le dé un hijo, podrá ir a ocupar la cama que quiera, siempre y cuando no sea la mía.

Se volvió hacia la puerta y lo vio allí, en silencio, inmóvil, con rostro impasible.

No tenía ni idea de cuánto tiempo llevaba allí. Ni de qué había oído, pero, sin duda, había oído lo suficiente.

Sintió que se moría por dentro y tuvo ganas de llorar del dolor. Deseó rogarle que le dijese que no había nadie más en su vida, que era sólo suyo.

Pero no podía ponerle en evidencia a él, ni a sí misma. No podía confesar su agonía interior.

–Tal vez puedas confirmarle a tu abuela –dijo en su lugar, con voz fría–, cuáles son las condiciones de nuestro acuerdo, y asegurarle que, a pesar de la amabilidad de sus consejos, no van a ser necesarios.

Hizo una pausa.

–Ahora, si me perdonas, he tenido un día muy largo. Preferiría que no se me molestase esta noche, dadas las circunstancias. Seguro que lo entiendes.

Y pasó por su lado para volver a su habitación, donde la esperaba una enorme cama vacía.

Capítulo 10

MARISA no había sabido hasta entonces que se podía sufrir tanto y sentirse tan vacía al mismo tiempo.

Llegó a su habitación y supo que no iba a poder dormirse, ni siquiera tumbarse en la cama en la que, unas horas antes, había estado en los brazos de Renzo.

Las palabras de la abuela de Renzo habían terminado con sus ilusiones de que él sintiese algo más por ella que la obligación de dejarla embarazada. Si había sido cariñoso, había sido sólo para hacer las cosas más fáciles, pero una vez cumplida su tarea, volvería a los brazos de su amante, que lo esperaba en Roma.

Como no soportaba estar en su habitación, se abrazó y fue a la habitación que había al final del pasillo. Se la habían enseñado en su anterior visita y era otro *salotto*, para ellos dos solos. Con una televisión y un sofisticado equipo de música.

Marisa encendió una lámpara de pie y se hizo un ovillo en el sofá, que estaba enfrente de la chimenea. Deseó poder desaparecer, que no volvieran a verla nunca más.

Entonces entendió la tensión que reinaba en la casa. Todo el mundo, menos ella, había sabido que Teresa Barzati estaba allí sólo para crear problemas.

Ella no había sido su único objetivo esa noche, Ottavia Alesconi también había tenido que sufrir su ataque, pero de manera mucho más suave.

Pensó en Doria Venucci. Una mujer bella, experimentada y… casada. Todo lo contrario a ella, que lo único que tenía en su poder era la ventaja de la novedad. Pero no iba a llorar, tenía que estar tranquila para la siguiente vez que viese a Renzo, para volver a tener entonces la coraza en su sitio.

¿Acaso no había sido eso lo que había hecho durante todo el año anterior? Intentar convencerse a sí misma de que lo único que sentía por él era odio. Pero él había echado abajo su muro con un par de besos y unas caricias.

Si no hubiese sido por la oportuna aparición de Rosalia, habría cometido el peor error de toda su vida: se habría entregado a él por completo.

Se preguntó qué estaría pasando en la otra parte de la casa. Qué recriminaciones se estarían haciendo los unos a los otros.

Sin duda, se enteraría al día siguiente. Se miró el reloj. Casi eran las doce, hora de volver a la cama.

Por la mañana, tendría que fingir que los comentarios de la *signora* le habían parecido únicamente un poco indiscretos, pero que no le importaban.

No podía dejar entrever que estaba rota, y que jamás volvería a ser la misma.

Al llegar a la habitación, vio que Rosalia le había hecho la cama y había dejado un camisón encima de la colcha.

Fue al cuarto de baño, se limpió la cara, se quitó

las horquillas del pelo, se metió en la cama y se volvió para apagar la lámpara.

Entonces, se dio cuenta de que no estaba sola. Renzo estaba de pie, junto a la puerta que daba a su habitación.

–Veo que no estás dormida.

–Pero planeo estarlo muy pronto. Dentro de unos dos minutos.

Renzo llevaba un albornoz blanco y, probablemente, nada más. Marisa sintió que se le secaba la boca.

–Creo que te dije que quería que me dejasen en paz.

–¿Acaso puedes estar en paz con esta situación? –preguntó él–. Me sorprendes, *mia cara.*

Ella se mordió el labio.

–Sí, ha sido una noche bastante sorprendente, *signore* –comentó mientras ahuecaba la almohada–. Ahora, ¿me perdonas?

–No tengo nada que perdonar –dijo él, acercándose y sentándose en la cama–. Te has deshecho el peinado, me habría gustado hacerlo yo –comentó en tono meditabundo–. Antes de quitarte la blusa, y todo lo demás que llevabas puesto esta noche.

–¿Cómo te atreves? Sal de aquí inmediatamente.

–Siento tener que disgustarte, Maria Lisa, pero no voy a irme a ninguna parte.

Ella lo miró fijamente.

–¿Te estás burlando de mí? Por muy arrogante que seas, no puedes creer de verdad que voy a permitir…

–Siempre he tenido la intención de compartir tu

cama, *mia cara sposa*. Hacer de ésta la noche de bodas que nunca tuvimos. Y nada ha hecho que cambie de opinión.

–¿Nada? Dios mío, ¿acaso no te he dejado claro que no te quiero aquí?

–Siempre has sido muy clara, *mia bella*. Has dejado hasta a mi abuela sin palabras. Y eso no ocurre con demasiada frecuencia. Quiero que sepas que se marchará por la mañana, y que intentaré que no vuelva a visitarnos en mucho tiempo.

–¿Por qué? ¿Porque me ha dicho la verdad? O acaso vas a negarme que has tenido una aventura.

–¿Por qué iba a negarlo?

–Para fingir, tal vez, que eres un hombre decente.

–Prefiero empezar nuestro matrimonio siendo sincero, Maria Lisa. Lamento haber buscado consuelo en otros brazos cuando tú me echaste de tu vida, tengo que aprender a dominar mi temperamento. Y siento que no me haya dado tiempo a hablarte del asunto en persona, tal y como tenía pensado hacer.

–¿Lo tenías pensado? –preguntó ella, sorprendida.

–Sí. Te dije que había cosas de las que tenía que hablarte. Y siento que mi abuela se me haya adelantado. Quería haberte explicado yo, tal vez, cómo y por qué ocurrió. La verdad es que mi abuela se parece en eso a tu prima Julia. No hemos tenido mucha suerte con nuestras familias, *carissima*.

–En eso no estoy de acuerdo contigo, siempre les agradeceré a ambas que me hayan recordado cómo eres en realidad, y el tipo de vida que puedo esperar a tu lado –tomó aire–. Además, ¿qué querías explicarme, además de que eres incapaz de tener la bragueta cerrada?

–Tú tampoco eres inmune a las tentaciones de la carne con otros hombres. ¿Qué habría pasado con Alan si yo no hubiese estado esperándote?

–Nada –respondió ella.

–¿Cómo puedes estar tan segura?

«Porque nunca he querido a otro que no seas tú», pensó. «Nunca he querido ni deseado a otro hombre. Ésa es la verdad que he tenido que ocultar desde que volviste a entrar en mi vida y me pediste que me casara contigo. Ésa es la verdad que he estado intentando ocultarme a mí misma todo este tiempo. Porque tú no sientes lo mismo por mí. Sólo me quieres para que te dé un hijo. Pero no soportaría que lo supieses».

–Alan perdió su oportunidad al marcharse a Hong Kong –contestó–. Pero aunque hubiese decidido tener un amante, ¿qué derecho tendrías a oponerte, teniendo tú también una?

–Yo tengo los derechos que quiera tener. Y uno de ellos es ser el primero en tenerte, para estar seguro de que el hijo que lleves en tu vientre sea mío y no de otro –hizo una pausa–. Mi abuela no está al día, mi aventura con Doria Venucci ha terminado. Tienes mi palabra.

–¿Para no hacerme daño? –preguntó ella, desafiante–. ¿O para evitar el escándalo que ha predicho tu abuela esta noche?

–Por el escándalo, naturalmente. No pensé que pudiese hacerte daño. Por cierto, dime una cosa, *mia cara, per favore*. No respondiste nunca a mis llamadas, ¿tampoco leíste mis cartas?

–No –tuvo que admitir Marisa.

–*Che peccato* –dijo él–. Qué pena. Te habrían resultado… instructivas. Pero tal y como has aprendido en esta misma habitación hace sólo unas horas, las clases sólo acaban de empezar.

Marisa se alejó de él, le dio la espalda. No podía verlo desnudo, no se atrevía…

–No –le dijo–. ¿Crees que decirme que tu aventura ha terminado lo arregla todo? La *signora* Venucci no ha sido la primera, *signore*, ni será la última. Y, sabiendo eso, ¿crees que voy a permitir que vuelvas a acercarte a mí?

Marisa notó que el colchón se movía al meterse Renzo en la cama.

–Pues sí. Porque es lo que has prometido hacer. A cambio, no sé si lo recuerdas, de vivir el resto de tu vida como quieras. Hemos llegado a este acuerdo esta misma mañana. Y, como no me amas, Maria Lisa, no debe importarte que haya otras mujeres en mi vida, ya que tú estás aquí sólo para darme un hijo. Tú misma lo has dicho hace un rato, tengo testigos.

Tocó su hombro desnudo con la mano, la acarició con una dulzura increíble.

–Así que no tienes excusa para seguir negándote a entregarte a mí, para no comportarte como mi esposa, y la futura madre de mi hijo.

Marisa no podía hablar, ni moverse. Y pensó que así era como debía de sentirse un animal que acabase de caer en una trampa, aunque, en aquel caso, había caído en su propia trampa.

«Claro que me importa», gritó ella para sí. «Sólo de imaginarte con otra mujer siento que me muero».

–Supongo que es cierto, no tengo excusa –dijo.

–*Bene*. Al menos, estamos de acuerdo. Esta noche nos olvidaremos del pasado para siempre y aprenderás a pertenecerme por completo.

–Eres un cerdo.

–No conseguirás detenerme con insultos. Me he dado cuenta, *carissima*, de que has dicho que no me amas, pero nunca has dicho que no me desees. Así que, al menos por esta noche, Maria Lisa, escucha a tu cuerpo y no a tu mente.

–No te daré nada –dijo ella, aunque estaba temblando por dentro.

–¿Vas a romper tu promesa? No te lo recomiendo, *mia bella*. Y, además, no creo que puedas.

Observó la fina capa de tela que cubría su cuerpo y sonrió.

–Parece que, al fin y al cabo, voy a tener el privilegio de desnudarte.

–No. Mantendré mi promesa, pero… no, por favor.

–¿Quieres hacerlo tú? Todavía mejor. Siempre he soñado con ver cómo te desnudabas ante mí. Y seguro que recuerdas por qué.

Marisa giró la cabeza, había vuelto a ruborizarse.

–¿Tienes que humillarme?

–No es mi intención, pero, por una vez en nuestras vidas, Maria Lisa, no quiero que nada nos separe. Ni ropa, ni mentiras, ni silencios.

–¿Me permitirás al menos que apague la luz?

–No –contestó él–. *Carissima*, he esperado mucho tiempo para verte, para tenerte así.

Marisa cerró los ojos para intentar negar lo que estaba sucediendo, pero el resto de sus sentidos siguieron muy despiertos. Notó cómo le quitaba el camisón, y lo oyó suspirar ligeramente, con satisfacción.

Luego, la abrazó, apretándola contra su cuerpo excitado. Y la besó.

Aunque no podría acusarlo de haber utilizado la fuerza, fue un beso intenso e implacable.

Y ella supo que era inútil fingir que no estaba sintiendo nada.

Luego, descubrió lo que el sensual roce de su cuerpo contra el de ella podía conseguir. Y recordó cómo se había sentido teniéndolo dentro, y que, por un momento, había deseado que aquello durase para siempre.

No obstante, si se entregaba, sería demasiado vulnerable, podría terminar diciéndole lo que sentía en realidad.

¿Pero cómo podía luchar contra su propio deseo mientras las manos de Renzo exploraban su cuerpo de manera tan placentera, como si quisiese aprendérselo de memoria y moldear con cuidado todas sus curvas?

Le acarició los pechos y sintió un placer cercano al dolor. Tuvo que volver la cabeza y morderse el puño.

«Esto no es hacer el amor», pensó con desesperación. «Sólo está poniendo a prueba mi capacidad de resistencia. Así que tengo que luchar. No puede enterarse de lo que siento».

Pero él le recorrió los hombros con la punta de

los dedos, bajó por su espalda hasta llegar al trasero, se lo masajeó con cuidado, pero de manera experta.

Y, por un momento, y a pesar de no querer hacerlo, Marisa se dio cuenta de que había arqueado el cuerpo hacia él, temblando.

–*Carissima* –murmuró Renzo sonriendo–. Tesoro mío.

Lo vio cambiar de posición para besarle la garganta, los hombros, los brazos y acariciarle la cadera.

Marisa se vio invadida por una ola de deseo al notar que Renzo llevaba la mano a sus muslos, para convencerla con sus caricias, y con la presión de su erección, de que se abriese a él.

Ella sintió que se deshacía y ansió tenerlo dentro. Y supo que Renzo lo sabía.

Supo que estaba perdida. No podía seguir razonando. Su cuerpo no podía seguir sin responder. Empezó a moverse, a levantar las caderas rogándole… ¿el qué? ¿Que no parase nunca?

Intentó contener un gemido que la traicionó, ya que le decía a Renzo lo desesperada que estaba por volver a tenerlo dentro, por volver a sentirse llena.

Él le susurró al oído que era muy bella, la mujer más dulce del mundo.

Entonces Marisa notó que todas las sensaciones se concentraban en aquel lugar íntimo de su cuerpo que él acariciaba con los dedos tan suavemente. Se sintió dominada, consumida por unas sacudidas de placer cada vez más intensas. Hasta que pensó que iba a desmayarse, o a morir, y se oyó gritar, asustada y maravillada al mismo tiempo.

Y cuando aquel increíble temblor empezó a pasar, se quedó abrazada a Renzo, con el rostro sudoroso enterrado en su hombro, sintiendo sus besos en la cabeza.

Estaba avergonzada por haberle permitido vencerla con tanta facilidad, pero sabía que no iba a ser capaz de apartarse de él, que no quería apartarse de él.

Capítulo 11

AL final fue Renzo quien se movió para alcanzar el albornoz que había tirado a los pies de la cama.

Marisa abrió los ojos y lo observó. De pronto, se sentía abandonada. Aquello no podía terminar así.

—¿Adónde vas?

—A ninguna parte, *dolcezza mia* —dijo él en tono cariñoso mientras abría un paquetito que había sacado de un bolsillo y hacía uso de su contenido.

Ella pensó que no era posible, que no podía estar haciendo eso si quería…

Pero entonces él volvió a tomarla entre sus brazos, la besó, acarició todo su cuerpo y se puso debajo de ella, haciendo que se colocase encima y penetrándola de un solo empellón.

Y Marisa no pudo protestar porque su sentido común, su lógica, desaparecieron ante aquella maravillosa sensación.

Después del primer orgasmo, estaba demasiado relajada como para oponer resistencia, así que lo aceptó de buen gusto.

Estaba siendo tan distinto a la primera vez. ¿Cómo podía sentirse tan bien cuando sabía que todo entre ellos iba tan mal?

Entonces Renzo empezó a moverse en su interior y dejó de pensar, se aferró a sus hombros y balanceó las caderas muy despacio. Él reaccionó al instante y ella se dejó llevar. No obstante, era consciente de que Renzo estaba controlándose, esperando con paciencia a que sus cuerpos estuviesen en sintonía para entregarse al placer.

Y cuando llegó el momento, ambos gimieron a la vez. Luego se quedaron tumbados, inmóviles, respirando entrecortadamente.

Entonces, ella pensó que ya no era la misma persona. Que acababa de transformarse.

Miró hacia la cabeza morena que había apoyada en sus pechos y deseó tenerlo allí siempre, acariciar su pelo, besar sus ojos y su boca y susurrarle al oído todo lo que sentía su corazón.

Pero no se atrevió.

Porque su mente estaba, poco a poco, volviendo a ser consciente de la realidad.

Nada había cambiado. Ella era la misma. Y la situación seguía estando igual.

Porque el sexo, por mágico que fuese, no cambiaba nada.

Por eso no intentó detenerlo cuando se levantó de la cama para ir al cuarto de baño.

Se quedó allí tumbada, preguntándose cuántas noches como aquélla podría soportar. Cuánto tardaría en decirle que lo amaba. Si llegaría el día en que no querría apartarse de él, en que preferiría sacrificar su futuro a marcharse de aquella casa.

¿Merecía la pena arriesgarse a que le rompiese el corazón? La respuesta era no.

Se obligó a moverse, recuperó las sábanas de los

pies de la cama y se tapó justo antes de que saliese Renzo del baño, bostezando.

–¿Por qué no dormimos un poco, *carissima*? –sugirió.

–No, no quiero.

–¿No quieres dormir? Menuda resistencia, *mia cara*. Ojalá yo tuviera la misma, pero no soy más que un hombre. Necesito algo de tiempo para recuperarme.

–Quería decir que prefiero estar sola.

–Pero si dormir y levantarse juntos forma parte del matrimonio, Maria Lisa –comentó él con suavidad.

–No para nosotros.

–¿Qué quieres decir? ¿He hecho algo que te haya desagradado?

–Quiero saber por qué has utilizado un preservativo si se supone que tienes que dejarme embarazada.

–Ah. Ya entiendo. Porque tenemos mucho tiempo por delante, *cara mia* –le dijo, acariciándole la mejilla–. Y tal vez debamos aprender a ser marido y mujer antes de intentar ser padre y madre.

–Pareces haber olvidado que estoy aquí sólo por un motivo, *signore*, no para ser tu… juguete. Para eso ya tienes a otra –añadió.

–Dios mío, no vuelvas con eso. Ya te lo he dicho, se ha terminado. Y no debería haber empezado nunca. Tienes que creerme, e intentar, si puedes, perdonarme. ¿O acaso vas a estar castigándome durante el resto de nuestras vidas?

–Tal vez ya no estés con la *signora* Venucci, pero seguro que hay muchas otras candidatas esperando a ocupar su lugar. Y yo no soy una de ellas. Yo quiero mi independencia, y lo antes posible. No permitiré que cambies las condiciones de nuestro acuerdo y me utilices como amante.

«No puedo creer que esté haciendo esto. Le estoy mintiendo».

–¿Crees que es eso lo que ha pasado aquí? Porque a mí me parece recordar algo distinto. Los dos nos hemos utilizado, Maria Lisa. Aunque tal vez tampoco vayas a perdonarme que te haya enseñado para qué está hecho tu cuerpo.

–*Mille grazie*. Siempre es bueno aprender de un experto. Además, mientras me enseñabas has conseguido reparar tu orgullo herido. Enhorabuena, *signore*. Todo te ha salido muy bien.

–¿Cómo es posible que haya sido parte de ti durante un rato y que, de repente, te conviertas en una persona diferente?

–Porque se te ha olvidado por qué te has casado conmigo. Por qué me has obligado a volver contigo. Y hasta que no vuelvas a recordar las condiciones de nuestro acuerdo, creo que será mejor que duermas en tu habitación.

–Se me ocurre algo mejor. ¿Por qué no me das una lista de tus días fértiles del mes para que pueda restringir mis visitas sólo a esas ocasiones? –hizo una pausa–. Eso nos ahorrará a los dos tiempo y problemas.

Se puso el albornoz y la miró.

–Me has acusado de engañarte, Maria Lisa, pero me parece que tú deliberadamente estás dándole la espalda al cariño y a la pasión.

–Sobreviviré –comentó ella en tono frío.

«¿Cómo voy a hacerlo? Si ya me estoy rompiendo por dentro. No volveré a estar completa nunca más sin ti…», pensó.

–Pues yo también. Como tú bien has dicho, hay muchas mujeres en el mundo, tal vez encuentre a alguna que quiera estar conmigo por lo que soy –hizo una mueca–. Aunque supongo que eso es como pedir la luna.

Se dio la vuelta y se dirigió a su habitación.

Marisa estuvo a punto de ir tras de él para rogarle que volviese, para pedirle que no la dejase nunca más.

Pero él no le había ofrecido eso. Sólo le había ofrecido sexo. Ser su maestro.

¿Cómo iba a conformarse con tan poco? La única esperanza era pensar en el hijo que tendrían juntos. No tenía otra elección.

El aria de Puccini terminó y Marisa se dijo que debía cambiar el CD, uno que no hablase de amores malditos, pero se quedó donde estaba, hecha un ovillo en un rincón del sofá de su *salotto* privado.

Desde que había llegado a Villa Prosperina, tres semanas antes, el tiempo había sido inestable, más o menos como su estado de ánimo. Así que había hecho de aquella habitación su refugio.

Lorenzo casi nunca estaba allí, casi no había vuelto a verlo desde la noche en que habían discutido después de hacer el amor.

Al día siguiente, durante la cena, él se había

comportado como el extraño frío y educado de su luna de miel.

Después, Marisa había ido a llamar a su puerta.

–¿Sí? –había dicho él nada más abrir.

–Te he… escrito la información que querías –y le había tendido un papel.

–*Grazie tante*. Eres muy considerada. Intentaré seguir tu ejemplo. Muy a mi pesar, no podré asistir a nuestro primer encuentro, ya que tengo que ir a Boston –había sonreído–. A no ser que quieras acompañarme, *mia sposa*, para no perder la oportunidad.

–Creo que no. De todas maneras, Emilio todavía me está enseñando la casa, explicándome mis nuevas responsabilidades, cómo funciona todo. Y tengo que comprarme ropa antes de ir a ninguna parte, Ottavia se ha ofrecido a llevarme de compras por Florencia.

–En ese caso, contaré las horas que faltan hasta la siguiente ocasión –le había dicho él con demasiada dulzura–. Le diré a mi secretaria que la apunte en mi agenda.

–No –había susurrado ella–. Por favor, no.

–Creo que soy yo quien debería decir eso, no tú. Pero no importa. *Buona notte*, Maria Lisa. Que duermas bien.

Y luego había cerrado la puerta.

Después, no le había escrito cartas, ni la había llamado. Y ella lo echaba de menos.

Al fin y al cabo, era en aquella casa donde se había enamorado de él por primera vez, aunque era tan joven que ni siquiera sabía lo que era el amor.

A pesar de mantenerse ocupada durante el día,

por la noche le costaba dormir y no dejaba de pensar en que Renzo podía haberle tomado la palabra y estar compartiendo su cama con otra mujer.

Se levantó del sofá y se acercó a los ventanales de su habitación, los abrió y salió al balcón. Había dejado de llover y el aire olía a flores húmedas.

«Podría ser feliz aquí», pensó.

De pronto, oyó en la distancia el motor de un coche que se acercaba. «Dios mío», se dijo, «tiene que ser Renzo».

Se dio cuenta de que llevaba puestos unos pantalones negros de algodón y una camiseta a juego y corrió a cambiarse. Tenía un armario lleno de ropa nueva.

Se duchó rápidamente, se puso crema, se perfumó, se puso el conjunto de ropa interior más bonito que tenía y un vestido verde que le sentaba muy bien. Se calzó unas bailarinas y se peinó. Y se maquilló un poco.

Entonces pensó que no había oído a Renzo subir a su habitación. Sin duda, debía de estar hablando con su padre. Sintió ganas de correr, pero bajó las escaleras con tranquilidad. Ya tendría tiempo de demostrarle lo contenta que estaba de verlo.

Al llegar a la entrada, se encontró con Emilio, que llevaba en las manos una maleta y un maletín.

—Me ha parecido oír un coche, Emilio. ¿Ha llegado alguien?

—Sí, *signora* —contestó el mayordomo señalando la puerta del *salotto*.

«Tienes que estar tranquila, pero demostrarle que te alegras de verle», se dijo.

Pero al llegar a la habitación vio que su única ocupante era Ottavia Alesconi.

–*Ciao*, Marisa. ¿Cómo estás?

–Ottavia, qué alegría –dijo ella, obligándose a sonreír–. No sabía que ibas a venir este fin de semana.

–He tomado la decisión en el último momento –estudió a Marisa–. ¿Estás bien? Estás muy pálida.

–Estoy bien. Pensaba que había llegado Renzo.

–¿Renzo? ¿Aquí? –suspiró–. Marisa, no tienes madre. Y yo no tengo hijas, y tal vez no tenga derecho a hablar, pero no puedo quedarme callada viendo lo infeliz que eres –dudó–. Todo el mundo sabe que vuestro matrimonio ha estado mal desde el principio, pero cuando volviste aquí con Lorenzo, esperábamos que las cosas se arreglasen.

–Pues no ha sido así.

–Mira, puede que al principio fuera reacio a casarse, pero cuando volvió de Londres después de pedirte matrimonio, quería que todo estuviese perfecto para ti. Estaba nervioso. Nunca lo había visto así. Yo creo que él quería realmente casarse contigo.

–Porque necesitaba a alguien que le diese un hijo y que no le demandase demasiada atención.

–¿Y por eso estás decidida a no quererlo? –le preguntó Ottavia–. ¿Por eso le has demostrado a todo el mundo que no significa nada para ti y lo has dicho incluso delante de él, tratándolo con crueldad, sin respeto? –sacudió la cabeza–. No me extraña que se haya ido.

–Tal vez haya otro motivo… Ottavia, ¿tiene alguna otra mujer?

–No lo sé –respondió ella–. Y si lo supiera, no te

lo diría. Lo único que sé es que si estuviese enamorada de un hombre tan atractivo como Lorenzo, no cometería el error de echarlo de mi cama por segunda vez. Me aseguraría de que soy yo la que está a su lado cuando duerme.

–¿Porque sabrías que no puedes confiar en él?

–No, porque no soportaría estar lejos de él. Pero si no puedes perdonar sus errores pasados, no hay nada más que decir.

–¿Y si él no quiere ser perdonado? ¿Y si he agotado su paciencia?

–Ése es un riesgo que tendrás que correr, pero, si yo fuese tú, lucharía por él.

Capítulo 12

MIENTRAS volvía a subir las escaleras, Marisa pensó que podía ir a Roma a ver a Renzo. E intentar hablar con él.

¿Pero qué iba a decirle? ¿Y si no estaba solo?

Ottavia le había aconsejado que luchase, pero no sabía a qué se enfrentaba, ni si podría ganar la batalla.

Volvió al *salotto*, puso música, esta vez más alegre, y volvió a hacerse un ovillo en el sofá. La falta de sueño hizo que se quedase dormida y soñó que estaba en un enorme jardín de flores doradas, y al girar la cabeza para aspirar su aroma, sintió que las flores le acariciaban el pelo y la curva del cuello.

Entonces abrió los ojos, con el corazón acelerado, preguntándose qué la había despertado.

Oyó que se cerraba una puerta y pensó en Rosalia, o en Ottavia, pero entonces recordó que la sutil fragancia de su sueño le había resultado muy familiar, y tan sensual…

Renzo.

Era su colonia. Y eso sólo podía significar que estaba allí, en alguna parte. Y que, durante unos segundos, se había acercado a ella. Tal vez hasta la había tocado.

Cruzó descalza el pasillo hasta llegar a su habitación, que estaba vacía, y luego se aventuró a entrar en la de él.

Allí estaba, metiendo un montón de camisas en la maleta que había abierta encima de la cama.

Dijo su nombre en un susurro y él se volvió inmediatamente, con las cejas arqueadas.

—Marisa, te he molestado. *La prego di accettare le mie scuse*.

—No es necesario que te disculpes. No sabía que fueses a venir hoy.

—Y no iba a venir —dijo mientras seguía guardando las camisas—. Pero tengo que ir a Estocolmo, y de allí a Bruselas, y necesitaba unas cosas. No te preocupes, en cuanto termine de hacer la maleta, volveré a Roma.

—¿Esta misma noche?

—No, dentro de media hora —respondió él con brusquedad.

—Pero hace mucho que no estás en casa…

—¿Acaso es eso un problema? Pensé que te sentirías aliviada.

—Tu padre… debe de echarte mucho de menos.

—Pues me extraña que no me lo haya dicho cuando hemos hablado por teléfono esta mañana, como hacemos todos los días.

—No lo sabía —«nunca pides que me ponga, ni me mandas ningún mensaje», pensó.

—Eso es evidente. En cualquier caso, no te preocupes por él, entiende la situación.

—Entonces, tal vez puedas explicármela también a mí. Pensé que te vería… de vez en cuando.

—Ya, ya sé que me diste una lista, pero, por desgracia, tengo mucho trabajo.

–¿Y si yo te pidiese que te quedases? –le preguntó, temblando.

Él se dio la vuelta muy despacio.

–Dame un buen motivo para hacerlo.

–Porque te quiero –confesó.

Y esperó a que él la tomase en sus brazos, pero Renzo se quedó donde estaba.

–Demuéstramelo –dijo por fin.

Ella se quedó inmóvil, hasta que se dio cuenta de lo que le estaba pidiendo. Pensó que no podía… Pero no tenía elección. Tal vez aquélla fuese su última oportunidad.

Sin prisa, empezó a desabrocharse el vestido sin dejar de mirarlo a los ojos. Luego, se lo quitó, se quitó el sujetador, se acarició los pechos, y bajó las manos hasta las braguitas para quitárselas también mientras se humedecía lentamente los labios con la lengua.

Se acercó a él y levantó la mano para acariciarle el pelo antes de bajar la mano con delicadeza hasta su rostro. Le desabrochó la camisa y se la abrió para poder acariciarle el pecho desnudo y los hombros, para sentir sus músculos, los latidos de su corazón y jugar con sus pezones, que se endurecieron bajo sus caricias.

Luego, empezó a tocarlo con los labios, recorriendo su cuerpo con ellos mientras le desabrochaba el pantalón y rozaba su erección. Lo oyó gemir. Le bajó el pantalón y los calzoncillos y entonces sintió que él enredaba una mano en su pelo.

Renzo la besó de manera intensa y, sin separar sus labios de los de ella, la tomó en brazos y la llevó a la cama.

En esa ocasión no hubo cortejo, el ascenso hacia

el placer fue rápido. Los dos estaban demasiado hambrientos, se necesitaban. Renzo la penetró, gimiendo, llenándola. Marisa se arqueó contra él de manera incontrolable. Antes de que les diese tiempo a darse cuenta, ya habían llegado al clímax los dos. Marisa dijo su nombre y lo oyó gritar de placer. Después, se quedaron abrazados, besándose con dulzura.

–¿Te ha parecido suficiente prueba? –le preguntó ella, mordisqueándole el labio inferior.

–Digamos que ha sido un buen comienzo. Aunque tal vez puedas terminar de convencerme en Estocolmo. Y, para cuando lleguemos a Bruselas, a lo mejor incluso empiezo a pensar que tengo una esposa.

–¿Vas a llevarme contigo?

–No pienso dejarte aquí, *carissima*. Rosalia puede preparar tu maleta mientras cenamos.

–Pensé que querías marcharte inmediatamente.

–Pues he cambiado de idea. Espero estar demasiado cansado para conducir esta noche. Gracias a ti, por supuesto, *signora*.

–Intentaré ayudarte, *signore*.

Pero más tarde, cuando él se quedó dormido, Marisa se dio cuenta de que se estaba poniendo triste.

No sabía durante cuánto tiempo seguiría deseándola Renzo. Ella había dicho siempre que quería ser libre después de darle un hijo, pero, a partir de ese momento, él podría serlo también.

Y no podía soportar la idea de que pudiese estar con otras mujeres.

–Mi querida *signora* Santangeli –le dijo el doctor Fabiano con amabilidad–. Creo que está preocupándose demasiado por este asunto. Sólo lleva casada algo más de un año.

–Sí –admitió Marisa–, pero pensaba que a estas alturas, ya tenía que haber sucedido.

En especial, porque los tres últimos meses habían sido muy apasionados, y no habían tomado ningún tipo de precaución.

Renzo no había vuelto a decirle nada de aprender a ser marido y mujer. El imperativo en ese momento era la continuación del apellido Santangeli.

–Y los dos deseamos tanto tener un hijo.

«Renzo necesita un heredero, y yo sólo deseo complacerlo, dado que lo amo tanto. Y porque, si le doy un hijo, tal vez empiece a ser para él algo más que la mujer con la que comparte cama. Tal vez empiece a quererme también», pensó.

–Aunque no suelo recomendarlo tan pronto, podría hacerle alguna prueba, si eso va a dejarla más tranquila. ¿Qué le parece?

–Creo que es exactamente lo que necesito.

–En ese caso, adelante. Supongo que pondrá a su marido al corriente de lo que vamos a hacer.

–Por supuesto.

«Cuando todo haya terminado y sepa que no hay ningún problema, se lo contaré y nos reiremos juntos», pensó.

Marisa volvió a casa pensativa, incómoda, pero deseando creer que había hecho lo correcto. Que sería algo que cambiase su vida a mejor.

Como si no hubiese cambiado ya lo suficiente. Entre otras cosas, se había sacado el carné de con-

ducir y tenía su propio coche, pero no podía olvidar
lo que le había dicho Renzo al darle las llaves:

–Un paso más hacia tu libertad, *mia cara*.

Aun así, no quería pensar que la pasión que estaban compartiendo fuese a ser sólo transitoria. Tenía
que ser positiva. Para empezar, ya se la consideraba
la nueva señora de Villa Proserpina. Y tenía todo el
apoyo de Zio Guillermo.

Además, había empezado a viajar. Renzo solía
insistir en que lo acompañase en sus viajes de negocios y ella iba sintiéndose más cómoda en las fies-
tas y cenas a las que asistían.

El apartamento de Roma ya no era un territorio
desconocido para ella.

En resumen, era la esposa de Renzo, llevaba su
alianza, mandaba en sus casas y educaría a sus hijos. Ésos eran sus derechos, y nadie podría arreba-
társelos.

Al pensar aquello, y a pesar de que era un día
caluroso, Marisa sintió un escalofrío.

–¿Adónde vas? –le preguntó Ottavia sorprendida.

–A la clínica San Francesco –respondió ella–.
Tal vez tenga que hacer noche, el doctor Fabiano
quiere hacerme más pruebas y no me apetece tener
que conducir después. ¿Puedes llevarme tú, y reco-
germe?

–Debería ser Lorenzo quien lo hiciese. No sé
qué hace en Zurich, en vez de estar aquí.

–Renzo no sabe nada –confesó Marisa a regañadientes.

Ottavia se quedó boquiabierta.

–¿No se lo has dicho? Cuando se entere, se pondrá furioso. Y Guillermo también. Si fuese tú, llamaría a Renzo y le pediría que volviese a casa.

–Tal vez no haya nada que contar, y no quiero que anule sus reuniones si no es necesario. No quiero preocuparle –hizo una pausa–. Entonces, ¿me llevas?

–Bueno –suspiró la otra mujer–. Pero quiero que sepas que no mentiré por ti. Si Lorenzo o Guillermo me preguntan dónde estás, se lo contaré. ¿Entendido?

–Sí, lo entiendo. No te preocupes, estaré de vuelta antes que ellos.

Capítulo 13

NO podía dejar de llorar.
  Había insistido en saberlo, a pesar de que
los médicos le habían recomendado que
volviese acompañada de su marido, y al final se
había enterado de que tenía un problema, algún
tipo de malformación que, aunque se quedase embarazada, impediría que la gestación llegase a tér-
mino.

–Tiene que haber algún tratamiento –había dicho
ella–. Alguna operación…

Y la respuesta, con buenas palabras y amabilidad, había sido que no.

Finalmente, el médico había hecho llamar al
Signor Santangeli, que estaba de camino, pero
mientras llegaba, y dado que la *signora* necesitaba
consuelo, el director de la clínica había pensado en
otro miembro de la familia que, casualmente, estaba
allí visitando a una amiga.

Marisa levantó la cabeza y vio aparecer por la
puerta a Teresa Barzati.

–¿Qué está haciendo aquí?

–He venido a ver a la *contessa* Morico. Y me
han dicho que había quien necesitaba el consuelo
de una abuela. ¿O quieres que esperemos a que Lo-

renzo llegue de Zurich? –dijo la señora, que se había sentado en el único sillón de la habitación.

–Supongo que Renzo tendrá las mismas ganas de verla que yo, después de todos los problemas que ha intentado causarnos.

–No creo que tengas derecho a hablar por mi nieto. Ya no. Y los problemas que yo podría haberos causado no tienen importancia al lado del que tienes tú en estos momentos. De acuerdo con los rumores que corren por el hospital, no puedes tener hijos. ¿O no es así?

–Sí, es cierto –murmuró ella.

–Será un duro golpe para el orgullo de los Santangeli –comentó la abuela de Renzo con satisfacción–. ¡Pobre Guillermo! A ver cómo hacen ahora para poner fin a un matrimonio tan cuidadosamente planeado.

–¿De qué está hablando?

–De ti, Marisa. Y de cómo lo hará Lorenzo para librarse de ti y volver a casarse. Y la próxima vez, si tiene sentido común, lo hará con una italiana fuerte que sepa lo que se espera de ella.

–Eso no ocurrirá. Lorenzo no cree en el divorcio. Siempre lo ha dicho.

–Yo no he hablado de divorcio, pero hay maneras de anular un matrimonio, teniendo contactos. Y Lorenzo y su padre conocen a muchas personas influyentes –rió–. No serás un obstáculo para sus planes de futuro, créeme.

Marisa la miró horrorizada.

–¿Cómo es capaz de venir aquí en un momento así y decirme esas cosas?

–Porque casi me das pena. Pero no te preocupes, no te irás con las manos vacías.

–Quiero que se marche de aquí.

–Al fin y al cabo, nunca quisiste ser la esposa de Lorenzo, creo recordar. Ahora podrás volver a ser libre. Aunque, es posible que hayas cambiado de idea y hayas cometido la locura de malinterpretar los gestos de mi nieto y enamorarte de él –rió de nuevo.

–Nunca le he gustado, ni le gustaba mi madre.

–Tienes razón, detestaba a tu madre y siempre deseé que mi hija no la hubiese conocido nunca. Porque era británica. Pertenecía a la maldita nación que hizo que mi querido hermano muriera como prisionero de guerra en África del Norte. Saber que tú estabas destinada a ser la mujer de mi nieto fue un insulto a su memoria.

–Eso fue hace mucho tiempo, *signora*.

–En cualquier caso, nada evitará que vuelvas a tu querida Inglaterra, lejos de Lorenzo. Si fuese tú, me iría por mi propia voluntad. No esperaría a que me echasen.

Se levantó y fue hacia la puerta.

–Y si piensas que he sido cruel, imagina cómo te sentirías si esperases un abrazo del hombre al que amas y éste te diera la espalda y te hiciese saber que no quería volver a verte. Si no me crees, inténtalo cuando llegue… si te atreves.

Y dicho eso, se marchó.

Cuando Marisa oyó el alboroto que indicaba que Renzo había llegado, ya estaba preparada. No lloraría, no le rogaría. Y no se arriesgaría a ser rechazada.

Encontraría la fuerza necesaria para marcharse y empezar una nueva vida. Sin él.

Lo vio entrar muy despacio en la habitación, cerrar la puerta y apoyarse en ella mirándola fijamente, con los labios apretados.

–¿Te lo han dicho ya los médicos? –le preguntó.

–Sí, lo sé todo.

Marisa bajó la cabeza.

–Lo siento mucho.

–Yo también. Siento que no hayas compartido tus preocupaciones conmigo, que hayas decidido sufrir sola. ¿Por qué lo has hecho?

–Porque no quería preocuparte, pensé que tal vez todo fuesen imaginaciones mías.

–Y después, cuando supiste que había algo…

–Pensé que quizás fuese un problema que se podía solucionar.

–Ya. Me han dicho que no debo quedarme demasiado tiempo, que tienes que descansar. Creo que te han recomendado quedarte en la clínica otro día, así que volveré mañana, después de haber hablado con mi padre. Luego, tendré que hablar contigo.

–¿Por qué no lo haces ahora? Dime lo que tengas que decir.

–Es demasiado pronto. Tengo que pensar. Mañana será otro día, hablaremos entonces.

Renzo salió de la habitación, cerrando la puerta tras de él.

«Sí», pensó Marisa, «mañana será otro día».

Amalfi estaba todavía más bonito con la llegada del otoño, pero Marisa seguía sin saber por qué había decidido ir allí en vez de volver directamente a Inglaterra.

Se sentó debajo del limonero, mirando al mar, y se dijo que tendría que empezar de nuevo, más sola que nunca.

No le había costado nada marchase de la clínica. Un rato antes, había llamado a Villa Prosperina y le habían dicho que el *signore* estaba en Milán, visitando a su padre. Así que había ido a hacer la maleta y a recoger el pasaporte. Luego, le había dejado una breve nota a Renzo diciéndole que, dadas las circunstancias, era imposible que su matrimonio continuase, y que firmaría lo que fuese necesario para que ambos volviesen a ser libres.

Al llegar al pueblo se había enterado por la señora Morton de que Casa Adriana había sido comprada.

–¿Has vuelto por lo mismo que te rondaba en tu anterior viaje? –le preguntó la anciana–. Tengo que contarte que, siempre que venías aquí, había un hombre joven que se quedaba en la verja observándote. Era alto, atractivo. ¿Nunca te lo encontraste?

–¿Un hombre? No sabía…

–Nunca entró, lo que me daba mucha pena, porque parecía tan triste como tú, y siempre tuve la esperanza de que os encontrarais.

–Nos encontramos… Pero no duró.

La señora Morton se marchó y ella se quedó pensando en lo que le había contado, que Renzo la había seguido hasta allí todos los días, sin decirle nada.

–Maria Lisa.

Podía haberse imaginado que había oído su voz, pero no que le había puesto la mano en el hombro.

–¡Renzo! –se volvió con los ojos llenos de lágrimas y los labios temblorosos–. ¿Qué haces aquí?

–Seguir a mi esposa –contestó él, sentándose a su lado–. Habría tardado menos en llegar si no hubiese perdido el tiempo buscándote en Inglaterra –sonrió–. Luego, me acordé de este lugar.

–¿Por qué no has tenido la piedad de dejarme marchar?

–Eso nunca. No mientras siga vivo. ¿Cómo has podido pensar algo así?

–Ya no puedo ser tu esposa. Por el bien de tu familia, tienes que tener un heredero. Busca a otra mujer con la que casarte, alguien a quien ames –se vino abajo–. Yo no seré un obstáculo.

–Claro que lo serás, porque sólo te quiero a ti, *mi amore*.

Con manos temblorosas, Renzo tomó su rostro y la besó en los ojos.

–Créeme, mi amor, mi dulce niña, y vuelve conmigo.

–Cuando viniste a verme al hospital, fuiste tan frío, como un extraño.

–Acababan de decirme que estabas destrozada, y pensé que tenía que ser fuerte por los dos para que pudieses recuperarte lo antes posible. Por eso no me atreví a acercarme a ti, ni a tocarte o besarte, *carissima*, para no derrumbarme. Porque lo único que quería era tumbarme a tu lado, hundir la cabeza en tu pecho y llorar. Y lo hice al volver al día siguiente a la clínica y enterarme de que te habías marchado. Y supe que tenía que buscarte.

–Estaba tan triste, que quería morirme –confesó ella–. Tu abuela vino a verme y a pesar de que no me gustó nada de lo que me dijo, supe que era verdad, que si te quería, tenía que dejarte libre.

–Tal vez te pedí que te casaras conmigo por obligación, pero cuando te vi llegar a la iglesia y te puse la alianza en el dedo, supe que no te habría cambiado por ninguna otra. Y que tenía que hacer que tú sintieses lo mismo por mí. Siento haberlo hecho tan mal. Quería que me amases, que me dieses la oportunidad de hacerte feliz. Y lo intenté en todas esas cartas que nunca leíste.

Se arrodilló ante ella y apoyó la cabeza en su regazo.

–¿Me aceptas ahora, Maria Lisa? ¿Vas a creerme cuando te digo que nuestro matrimonio es lo más importante del mundo para mí? ¿Vas a quererme como yo te quiero a ti, *mi adorata*, y a vivir conmigo para construir un futuro juntos?

–Sí –contestó ella, acariciándole el pelo–. Sí, amor mío.

Y Maria Lisa Santangeli salió de aquel jardín, sonriendo a su marido.

Bianca

El único obstáculo que se interpone entre Dante Carrazzo y el logro de su venganza es ella

Makenzi es la sexy directora del hotel que Dante piensa cerrar. Ella está dispuesta a cualquier cosa por salvar el hotel, y Dante se aprovecha de ello: le promete reconsiderar su posición si ella accede a convertirse en su amante.

Makenzi sabe que no debe fiarse de él, pero el placer que le da es demasiado intenso para poder resistirse. Sin embargo, el trato está a punto de romperse cuando Dante se entera de que ella se ha quedado embarazada...

Amante por venganza

Trish Morey

Acepte 2 de nuestras mejores novelas de amor GRATIS

¡Y reciba un regalo sorpresa!

Oferta especial de tiempo limitado

Rellene el cupón y envíelo a

Harlequin Reader Service®
3010 Walden Ave.
P.O. Box 1867
Buffalo, N.Y. 14240-1867

¡Sí! Por favor, envíenme 2 novelas de amor de Harlequin (1 Bianca® y 1 Deseo®) gratis, más el regalo sorpresa. Luego remítanme 4 novelas nuevas todos los meses, las cuales recibiré mucho antes de que aparezcan en librerías, y factúrenme al bajo precio de $3,24 cada una, más $0,25 por envío e impuesto de ventas, si corresponde*. Este es el precio total, y es un ahorro de casi el 20% sobre el precio de portada. !Una oferta excelente! Entiendo que el hecho de aceptar estos libros y el regalo no me obliga en forma alguna a la compra de libros adicionales. Y también que puedo devolver cualquier envío y cancelar en cualquier momento. Aún si decido no comprar ningún otro libro de Harlequin, los 2 libros gratis y el regalo sorpresa son míos para siempre.

416 LBN DU7N

Nombre y apellido   (Por favor, letra de molde)

Dirección   Apartamento No.

Ciudad   Estado   Zona postal

Esta oferta se limita a un pedido por hogar y no está disponible para los subscriptores actuales de Deseo® y Bianca®.
*Los términos y precios quedan sujetos a cambios sin aviso previo.
Impuestos de ventas aplican en N.Y.

Jazmín™

Baile de corazones
Barbara McMahon

Parecía un sueño, pero lo que sentía era muy real

Por una noche, Sam Duncan se decidió a vestirse para impresionar y se soltó el pelo. Dicho y hecho: apareció en la mejor fiesta de la ciudad y de repente se encontró bailando con el millonario Mac McAlheny.

Pero cuando el reloj dio las doce, la realidad se impuso. Sam no pertenecía al mundo de Mac; de hecho, esa noche robada le costó su trabajo. Sin embargo, Mac la ayudó y la contrató como niñera de su adorable hijo, Tommy. Sam sabía que no debía enamorarse de aquel hombre que estaba fuera de su alcance, pero su corazón le decía lo contrario.

Deseo™

En busca del placer

Day Leclaire

A pesar de que una vez se escapó de su lado, Gabe Piretti no había olvidado la mente despierta ni el cuerpo estilizado de Catherine Haile. Estaba tramando cómo conseguir que volviera a formar parte de su vida, y de su cama, cuando ella le pidió ayuda para salvar su negocio.

Gabe se aprovechó de su desesperación para conseguir lo que quería: a ella. Pero ¿qué pasaría cuando tuviera que elegir entre el trabajo y el placer de una mujer tan seductora?

Era rico, implacable y despiadado, pero ella conseguirá ablandarle el corazón